Melanie Milburne
Una princesa pobre

WITHDRAWN

Editado por HARLEQUIN IBÉRICA, S.A.
Núñez de Balboa, 56
28001 Madrid

I.S.B.N.: 978-84-9010-225-1
Depósito legal: B-41401-2011
Editor responsable: Luis Pugni
Fotomecánica: M.T. Color & Diseño, S.L. Las Rozas (Madrid)
Impresión en Black print CPI (Barcelona)
Fecha impresion para Argentina: 13.8.12
Distribuidor exclusivo para España: LOGISTA
Distribuidor para México: CODIPLYRSA
Distribuidores para Argentina: interior, BERTRAN, S.A.C. Vélez
Sársfield, 1950. Cap. Fed./ Buenos Aires y Gran Buenos Aires,
VACCARO SÁNCHEZ y Cía, S.A.
Distribuidor para Chile: DISTRIBUIDORA ALFA, S.A.

Capítulo 1

RACHEL esperó más de una hora al supuesto inversor para su marca de moda. No se había recuperado todavía del jet lag y tenía que esforzarse por mantener los ojos abiertos mientras ojeaba una revista en la sala de espera.

Al final, la condujeron al despacho del alto ejecutivo. Casi le temblaban las piernas de los nervios.

Rezó por poder salvar su negocio y no perder aquello por lo que tanto había luchado.

—Lo siento, señorita McCulloch —dijo el ejecutivo de mediana edad con una sonrisa de disculpa, antes de que Rachel apenas tuviera tiempo de sentarse—. Hemos cambiado de idea. Estamos reestructurando nuestra compañía. No estamos preparados para correr riesgos apostando por una diseñadora desconocida como usted. Tendrá que ir a buscar apoyo financiero a otra parte. Ya no estamos interesados.

Rachel parpadeó, conmocionada.

—¿No están interesados? —repitió ella—. Pero creí... su carta decía... ¡Después de que he venido hasta aquí!

—Un renombrado experto en finanzas nos ha aconsejado que nos echemos atrás —explicó el hombre—. Y la decisión de la junta directiva es inamovible. Le sugiero que considere otras opciones para su negocio.

¿Otras opciones? ¿Qué otras opciones?, se preguntó Rachel, invadida por la desesperación. Tenía que conseguir lanzar su marca de moda en Europa. Había trabajado mucho y había hechos muchos sacrificios para conseguirlo. Y su sueño no podía terminar así como así. Quedaría como una imbécil si fallaba. Si no conseguía el dinero, su empresa quebraría. Necesitaba un empuje económico y lo necesitaba con urgencia.

No podía fracasar.

Rachel frunció el ceño, mirando al ejecutivo.

—¿Qué experto les ha aconsejado que no inviertan en mí?

—Lo siento, pero no estoy autorizado para dar esa información.

Rachel se puso rígida y la sombra de la sospecha anidó dentro de ella.

—Dijo usted que era un renombrado experto en finanzas.

—Eso es.

—¿Por casualidad se trata de Alessandro Vallini? –preguntó ella, furiosa.

—Lo siento, señorita McCulloch. No puedo ni confirmarlo ni negarlo.

Rachel se levantó y se colgó el bolso al hombro con decisión.

—Gracias por su tiempo –dijo ella y se fue.

Rachel buscó en Internet la dirección del despacho de Alessandro Vallini en Milán. Era un edificio muy elegante, símbolo del éxito de su propietario. Su triunfo había sido estelar. Aquel hombre era un ejemplo perfecto de lo lejos que se podía llegar, a pesar de su origen humilde. Ella no había planeado verlo cara a cara, pero iba a tener que enfrentarse con él.

–Me gustaría ver al señor Vallini –pidió Rachel sin más preámbulos a la recepcionista.

–Lo siento, pero el señor Vallini está pasando el verano en su casa de Positano –replicó la recepcionista–. Está dirigiendo el negocio desde allí.

–Entonces, quiero pedir cita para verlo lo antes posible.

–¿Es usted una cliente?

–No, pero...

–Lo siento, el señor Vallini no quiere atender a nuevos clientes hasta después del verano –señaló la recepcionista–. ¿Quiere que le dé una cita para septiembre o más tarde?

Rachel frunció el ceño.

–¡Queda más de un mes para eso! Sólo me quedo aquí hasta finales de agosto.

–En ese caso, lo siento...

–Mire, yo no soy una cliente, en realidad –aclaró Rachel–. Soy una vieja amiga suya de Melbourne. Él trabajaba para mi padre. Esperaba poder verlo mientras estoy aquí. Mi nombre es Rachel McCulloch.

Hubo una pausa.

–Tengo que hablar con él primero –indicó la recepcionista y descolgó el teléfono–. ¿Le importa sentarse allí?

Rachel se sentó en uno de los sofás de cuero, intentando no pensar en la última vez que había visto a Alessandro. Si su intuición no la engañaba y había sido él quien se había encargado de que no le dieran la financiación que necesitaba, eso sólo quería decir una cosa. Todavía no la había perdonado.

–Lo siento, pero el señor Vallini no desea verla –dijo la recepcionista.

Rachel se puso en pie de un salto.

—Debo verlo —insistió ella—. Es muy importante.

—Tengo órdenes estrictas de informarle de que, bajo ninguna circunstancia, el señor Vallini quiere recibirla.

Rachel se sintió ultrajada. Estaba claro que Alessandro estaba jugando con ella. ¿De veras pensaba que iba a aceptar un «no» por respuesta después de lo que él acababa de hacerle? Pues no iba a dejar que se saliera con la suya. La vería, quisiera o no.

Le obligaría a verla.

Con el estómago revuelto, Rachel recorrió la carretera de la costa de Amalfi hacia Positano. No era tanto por las curvas como por su nerviosismo. Había planeado alquilar un coche, pero su tarjeta ya no había tenido crédito. Había sido una experiencia bastante vergonzosa, algo que no olvidaría con facilidad. Entonces, había llamado a su banco en Australia, aunque eso no había arreglado las cosas. Estaba en números rojos y en el banco no querían darle crédito, sobre todo, después de que Craig hubiera impreso su firma en varios préstamos que había pedido hacía años.

Rachel necesitaba el dinero más que nunca.

El autobús la dejó al pie del camino que llevaba a Villa Vallini, en lo alto de una colina. Sin embargo, cuando el conductor abrió el maletero para sacar su bolsa de viaje, no estaba allí.

—Debimos de guardarla en uno de los otros autobuses —se justificó el conductor, cerrando el maletero.

—¿Cómo es posible? —inquirió ella, intentando no entrar en pánico.

El hombre se encogió de hombros.

—Pasa de vez en cuando. Hablaré con la central y les diré que se la manden al hotel. Si puede darme la dirección, yo me encargaré de ello –se ofreció el conductor y sacó una libreta del bolsillo.

–Todavía no tengo un hotel reservado –repuso Rachel y se mordió el labio, pensando en su cuenta bancaria.

–Pues déme su número de móvil y la llamaré cuando encontremos la maleta.

Después de eso, Rachel se quedó de pie en la carretera, mirando cómo el autobús se alejaba. Posó los ojos en la casa que tenía delante. Era una residencia enorme, un poco separada de las demás casas. Tenía cuatro pisos, estaba rodeada de jardines y tenía también una piscina. Mientras subía el camino hacia allí, el sol brillaba sobre el azul océano y ella sudaba sin parar. Cada vez le dolía más la cabeza.

Llena de determinación, sin embargo, Rachel llegó hasta la puerta principal de la imponente mansión. Había un intercomunicador sobre un pilar de piedra.

–No queremos visitantes –dijo una mujer antes de que Rachel pudiera articular palabra.

–Pero yo... –balbuceó Rachel, acercándose al intercomunicador.

No hubo respuesta. Rachel miró hacia la casa, frunciendo el ceño, con el sol dándole en los ojos. Se agarró a los barrotes de hierro forjado de la puerta y respiró hondo antes de pulsar el botón de nuevo.

La misma mujer respondió.

–Nada de visitas.

–Tengo que ver a Alessandro Vallini. No pienso irme hasta que lo haya hecho.

–Por favor, váyase.

–Pero no tengo adónde ir –repuso Rachel, a punto de ponerse a suplicar–. ¿Podría decirle eso al señor Vallini, por favor? No tengo adónde ir.

El intercomunicador se quedó en silencio de nuevo y Rachel le dio la espalda, para sentarse a la sombra. Agachó la cabeza, apoyándola en las rodillas dobladas, incapaz de creer lo que le estaba pasando. Era como si aquello no pudiera sucederle a ella. Había sido criada entre montañas de dinero, más del que mucha gente veía en toda su vida. Durante mucho tiempo, había creído que siempre sería así. No había sentido lo que era la necesidad, ni había sospechado que pudiera quedarse sin nada. Sin embargo, así había sido. Y, aunque se había esforzado en reconstruir su vida durante los dos últimos años, había terminado suplicando en la puerta del hombre al que había abandonado hacía cinco años. ¿Sería su karma? ¿Era así como el destino se estaba riendo de ella?

Sumida en la desesperación, Rachel cerró los ojos y rezó para que no le doliera tanto la cabeza. Se dijo que, en unos minutos, se levantaría e intentaría llamar de nuevo, hasta que al fin Alessandro aceptara verla...

–¿Sigue ahí? –preguntó Alessandro a su ama de llaves, Lucia.

–Sí, señor –respondió Lucia, volviéndose desde la ventana–. Lleva allí una hora. Hace mucho calor ahí fuera.

Alessandro se frotó la mandíbula, manteniendo una lucha interna con su conciencia. Él estaba encerrado en su torre mientras Rachel estaba bajo el sol abrasador. No había esperado que llegara así, sin avisar. De hecho, le había dado órdenes a su secretaria de que no le diera ninguna cita. Había esperado que aquello bastara para hacerla desistir. ¿Cuánto tiempo tardaría en rendirse e irse? ¿Por qué no podía entender que no quería verla? No quería ver a nadie.

–¡*Mon Dio*, creo que se va a desmayar! –exclamó Lucia, agarrándose al poyete de la ventana con ambas manos.

–Lo más probable es que esté fingiendo –dijo Alessandro con calma, volviendo a posar la atención en sus papeles. Hizo todo lo posible para ignorar las sensaciones de angustia y culpabilidad que lo atenazaban.

Lucia se apartó de la ventana con el ceño fruncido.

–Tal vez debería llevarla un poco de agua, para ver si está bien.

–Haz lo que quieras –repuso él, pasando una página del informe que tenía entre las manos, aunque sin verlo–. Pero no dejes que se acerque a mí.

–Sí, *signor*.

Cuando Rachel abrió los ojos, vio una italiana de mediana edad con un vaso de agua en una mano y una jarra con hielos y limón en la otra.

–¿Quiere beber algo antes de irse? –preguntó la mujer, pasándole el vaso a través de los barrotes de la puerta.

–Gracias –repuso Rachel, tomó el vaso y bebió con ansiedad–. Me duele mucho la cabeza.

–Es por el calor –señaló Lucia, rellenándole el vaso–. Agosto es así. Es posible que esté usted deshidratada.

Rachel se bebió otro vaso y uno más. Sonrió a la mujer, devolviéndole el vaso.

–*Grazie*. Me ha salvado usted la vida.

–¿Dónde se aloja? –preguntó Lucia–. ¿En Positano?

Rachel se levantó, agarrándose a la puerta para mantener el equilibrio.

–No tengo dinero para pagarme un hotel. Y he perdido mi equipaje.

–No puede quedarse aquí –repitió Lucia–. El *signor* Vallini insiste en que...

–Sólo quiero hablar con él cinco minutos –replicó Rachel, quitándose de la cara un mechón de pelo húmedo por el sudor–. Por favor, ¿puede decírselo? Prometo no entretenerlo. Sólo pido cinco minutos de su tiempo.

La otra mujer apretó la mandíbula.

–Podría perder mi trabajo por eso.

–Por favor... –suplicó Rachel.

La italiana suspiró, dejando el vaso y la jarra sobre el pilar de piedra.

–Cinco minutos nada más –advirtió Lucia y abrió la puerta.

Rachel tomó su bolso y entró antes de que la otra mujer pudiera cambiar de opinión. Tras ella, la puerta se cerró con un ruido estridente.

Los jardines de la entrada eran magníficos. Rosas de todos los colores llenaban el aire de su embriagadora fragancia. Una gran fuente salpicó a Rachel con su frescor al pasar. Deseó poderse quedar allí parada un rato, dejando que sus gotitas de agua le ayudaran a calmar la tensión.

El ama de llaves abrió la puerta de la casa. Las recibió el aire fresco del interior. El suelo era de mármol reluciente, igual que las escaleras que subían a la primera planta. El techo estaba adornado con lámparas de araña de cristal y había cuadros de incalculable valor en las paredes. El sol penetraba por grandes ventanales, dándole un toque dorado a todo lo que tocaba.

Era una casa impresionante, sobre todo teniendo en cuenta los orígenes de Alessandro. ¿Cómo lo había hecho? ¿Cómo era posible que un huérfano de las calles de Melbourne hubiera conseguido llegar tan lejos en tan poco tiempo? Después de tener varios empleos tras dejar el colegio, a la edad de veinticuatro años había fundado una empresa de jardinería, mientras estudiaba Empresariales. En ese momento, con treinta y tres años, era dueño de un imperio empresarial internacional. ¿Había sido el rechazo de Rachel lo que lo había motivado para triunfar o había estado el éxito escrito en su destino desde siempre?

—Espere aquí, iré a hablar con el señor Vallini —indicó la mujer, señalando una silla.

Rachel ignoró la silla y miró a su alrededor. Aquello era más lujoso que cualquiera de los hoteles de cinco estrellas en los que había estado a lo largo de los años. Su propio hogar familiar había sido impresionante, pero no tanto como la casa de Alessandro. Parecía un palacio con sus incontables obras de arte y sofisticada decoración.

Unos pasos tras ella le hicieron darse la vuelta.

—Ha aceptado verla cinco minutos.

Rachel tomó aliento y siguió a la mujer por las escaleras de mármol. Al pasar junto a un espejo y mirarse, deseó haber tenido un par de minutos para arreglarse. Tenía el pelo pegajoso, la cara demasiado sonrosada y la nariz quemada por el sol. Tenía la blusa manchada de sudor y los pantalones blancos inmaculados que se había puesto esa mañana parecían haber salido de una excavación arqueológica. Parecía cualquier cosa menos una diseñadora de moda.

El ama de llaves llamó a una puerta y, haciéndose a un lado, abrió para que Rachel pudiera pasar.

La puerta se cerró tras ella. Era un despacho con biblioteca y un gran escritorio delante de la ventana. Comparada con la luminosidad del resto de la casa, aquella habitación parecía oscura y de mal agüero, igual que el hombre que había sentado detrás de la mesa.

Cuando Rachel lo miró a los ojos desde el otro extremo de la habitación, el corazón le dio un vuelco. La mirada de él era tan azul, tan profunda y tan inabarcable como el océano.

El silencio se cernió sobre ellos como una losa de granito. Lo único que Rachel podía oír eran los latidos de su propio corazón acelerado.

Alessandro tenía un rostro especial. No era guapo al estilo clásico, pero era muy atractivo. Su nariz recta le daba un aire aristocrático, igual que su fuerte mandíbula.

No estaba sonriendo.

Rachel se preguntó de pronto cuándo habría sido la última vez que él había sonreído. Y a quién. ¿Tal vez a una amante? Ella había investigado un poco y había averiguado que había salido con una modelo de alta costura hacía un par de meses. También había descubierto que ninguna de sus relaciones había durado más de un mes o dos. No había podido averiguar nada más de su vida privada, aparte de que era uno de los hombres más ricos de Italia y uno de los solteros más deseados.

–Has sido muy amable al aceptar verme –dijo ella, obligándose a ser cortés.

Alessandro se recostó en la silla y la observó en silencio. A Rachel le molestó que no se levantara para recibirla. ¿Lo estaría haciendo a propósito? Claro que sí. Quería demostrar que la despreciaba. Sin embargo, ella no iba a dejar que la tratara como si fuera basura. Podía haber perdido todo lo demás, pero todavía le quedaba su orgullo.

–Siéntate.

Rachel siguió de pie.

–No voy a robarte mucho tiempo –dijo ella, intentando ocultar su resentimiento.

Alessandro esbozó una media sonrisa.

—No, te aseguro que no —repuso él y se miró el reloj—. Es mejor que digas lo que has venido a decir y que lo hagas rápido, porque sólo te quedan cuatro minutos. Tengo otras cosas que hacer, mucho más importantes que hablar contigo.

Rachel se estremeció de rabia. ¿Así quería él que fueran las cosas? Sentado en su pedestal, dignándose a hablar con ella, sólo para vengarse. Todo era una cuestión de venganza. ¿Qué otra cosa podía ser? Debía de estar muy contento porque hubieran cambiado las tornas. El jardinero se había convertido en un hombre rico y la joven heredera no tenía ni un penique.

—Quiero saber si has sido tú quien ha saboteado mi intento de conseguir financiación para mi empresa —dijo ella, lanzándole puñales con la mirada.

—No tengo ni idea de qué me estás hablando.

—No me tomes por tonta. Sé que has sido tú —replicó ella, furiosa.

Alessandro siguió observándola como si fuera una niña pequeña en medio de una rabieta.

—Te estás equivocando, Rachel —afirmó él con calma—. Yo no he hecho nada contra tu empresa.

Rachel se mordió el labio, esforzándose por no perder la paciencia.

—He venido a Italia sólo para firmar un contrato de financiación para mi marca de moda. Pero, en cuanto entré en el despacho de los inversores, me dijeron que ya no iban a apoyarme porque un renombrado experto en finanzas les había aconsejado que no lo hicieran.

—Aprecio el cumplido y que hayas asumido de manera automática que yo era el renombrado experto, pero te aseguro que no tengo nada que ver con ese asunto.

Rachel lo miró llena de rabia.

–Estoy a punto de perder todo aquello por lo que tanto he trabajado. Tenía mis esperanzas puestas en esa financiación y tú lo sabías. Por eso, hiciste lo que hiciste. Nadie me ayudará ahora que les has dado tu opinión. Pero ése era tu plan, ¿no es así? Querías hacerme suplicar.

Alessandro la observó un largo instante.

–Esta pequeña reunión que has maquinado es sólo una farsa para que te dé dinero, ¿no es así?

Ella no podía estar más furiosa.

–¡No he maquinado nada! En cuanto a lo de que me des dinero, no me atrevería a... –comenzó a decir ella y, se interrumpió, al pensar que, tal vez, él podía prestarle el dinero. Al fin y al cabo, era un hombre muy rico. Tenía contactos en toda Europa que podían serle muy útiles. Sería un golpe para su orgullo, sí, pero qué más daba perder el orgullo en comparación con perder su empresa, se dijo. Necesitaba apoyo económico antes de veinticuatro horas si quería salir adelante–. ¿Estarías dispuesto a prestarme el dinero? –preguntó.

Alessandro continuó mirándola con sus enormes ojos azules, inescrutables.

–Necesitaría conocer mejor tu negocio antes de darte una respuesta. Tal vez, por eso tus inversores se echaron atrás. Quizá, investigaron un poco en tus antecedentes o les preocupó que tu prometido pudiera desviar los fondos a sus operaciones de venta de droga.

Rachel se sintió como si la hubiera abofeteado. Se sonrojó, avergonzada por un pasado que no conseguía olvidar. Y se preguntó si alguna vez podría dejar atrás sus errores, su ceguera, su tozudez.

–Ya no salgo con Craig Hughson. Desde hace tres años.

–¿Y tu padre? ¿Acaso no le sobra algún millón para ayudar a su hija?

Rachel se mordió el labio.

–No se lo he pedido.

–Porque no podría ayudarte aunque se lo pidieras, ¿no es así? –adivinó él, arqueando las cejas.

–Imagino que sabrás que lo perdió todo hace tres años –señaló ella, odiándolo por recordárselo y por lo mucho que debía de estar disfrutando con todo aquello. Su padre había tratado a Alessandro a palos cuando había sido su jefe.

–Siempre fue un jugador –comentó él–. Es una pena que no tuviera en cuenta los riesgos.

–Sí... –murmuró Rachel como respuesta. En cierta forma, ella se sentía culpable por la bancarrota de su padre, pues intuía que tenía que ver con su ruptura con Craig Hughson. Cuando ella había anulado la boda, Craig había retirado todo el dinero que había invertido en el negocio de la familia. Había sido dinero sucio, sí, pero dinero al fin y al cabo. En cuestión de días, su padre se había quedado sin un céntimo y ella había visto hundirse su carrera de modelo, salpicada por el escándalo.

–¿Cuánto quieres? –preguntó él.

–¿L-lo harías?

–Por un precio –contestó él, con los ojos fijos en ella.

–Supongo que te refieres a los intereses del préstamo –aventuró ella, intentando descifrar su mirada.

–No.

–Creo que no te entiendo. Lo que busco es apoyo financiero para lanzar mi marca en Europa. Tiene que ser todo legal. Estoy dispuesta a pagar intereses, siempre que sean razonables.

–No estaba hablando de un préstamo –señaló él–. Considéralo un regalo.

–¿Un... regalo?

–Con condiciones.

–No puedo aceptar que me regales dinero. Insisto en devolvértelo en cuanto pueda. Tal vez tarde un poco, depende del éxito que tenga en el lanzamiento de la marca, pero...

–No me estás comprendiendo, Rachel. No voy a financiar tu empresa.

Ella lo miró confusa.

–¿Pero no has dicho que me ibas a dar dinero?

–Así es.

–No entiendo por qué ibas a hacer eso –admitió ella, con el corazón acelerado–. La última vez que hablamos... –añadió y se interrumpió, pues en realidad no quería recordar aquella terrible escena, en la noche de su veintiún cumpleaños.

–¿No vas a preguntarme cuáles son las condiciones?

–Si quieres que me disculpe por lo que pasó... entre nosotros... Lo siento –dijo ella y se mordió el labio–. Quería contarte lo de Craig, que se suponía que tenía que casarme con él. Debí haberlo hecho. Pero, en cuanto empecé a salir contigo, no tuve valor. No quería que nada estropeara lo nuestro...

Alessandro se quedó en silencio, con expresión pétrea.

–He tenido que trabajar mucho para llegar hasta aquí, después de mi fracaso como modelo –prosiguió ella–. Tengo empleados con hijos y con hipotecas. No se trata sólo de mí y de mi dinero. Mi socia ha puesto también todo lo que tenía en el negocio. Es una buena amiga mía.

Alessandro contempló sus grandes ojos verdes, unos ojos que no había podido olvidar, igual que su pelo rizado moreno y sus aristocráticas facciones. Su nariz pequeña y respingona le daba un aire inocente que no tenía nada que ver con su verdadera personalidad. En realidad, era una pequeña oportunista sin escrúpulos, una cazafortunas.

Su boca tampoco la había olvidado. Todavía podía sentir la suavidad de sus labios, la forma en que se habían abierto a él como una flor al sol. Todavía recordaba su sabor, su calor.

–Te daré diez mil euros –dijo él, rompiendo el silencio.

–Pero necesito mucho más que eso.

–Diez mil euros y esto es todo.

–¿Por qué? –preguntó ella, afilando la mirada–. Si no quieres financiar mi empresa, ¿por qué me vas a dar dinero?

Alessandro esbozó una sardónica sonrisa.

–Porque merecerá la pena si aceptas mis condiciones.

Ella tragó saliva.

–¿Q-qué condiciones?

Alessandro le sostuvo la mirada un largo instante.

–Tendrás el dinero en tu cuenta bancaria dentro de media hora –afirmó él con tono frío–. Con la condición de que te vayas de aquí y no vuelvas nunca.

Capítulo 2

RACHEL abrió y cerró la boca. Se puso pálida y, a continuación, se sonrojó. Lo miró con ojos relampagueantes y el cuerpo contraído de rabia.

—¿Quieres pagarme para... que me vaya?

Alessandro se recostó en su silla.

—Tómalo o déjalo, Rachel. Tienes un minuto para responder, antes de retire mi oferta. Y no habrá más.

—¡Es humillante!

—Así son los negocios.

—¿Negocios? ¿Qué clase de empresario paga a alguien para que se vaya?

—No eres bienvenida aquí, Rachel. Quieres dinero y pareces decidida a no irte hasta que lo consigas. Por cada minuto de más que pases aquí, la cifra irá bajando.

Ella lo miró confusa, conmocionada.

—A ver si lo he entendido... Quieres que me vaya de aquí con diez mil euros tuyos, si te prometo que no voy a volver.

Alessandro asintió.

—Pero no lo comprendo. ¿Por qué ibas a darme esa cantidad de dinero... por nada?

—Soy un hombre rico. Puedo hacer lo que quiera.

Rachel apretó los labios y Alessandro adivinó que estaba preguntándose si podía confiar en él o no. Estaba cavilando si aceptar su oferta. No era mucho dinero para ella, pero era dinero al fin y al cabo. Y, si su situación era tan precaria que no podía ni pagarse un hotel, no lo rechazaría. Sin embargo, ¿lo tomaría sin rechistar o intentaría sacarle algo más?

—Ahora la cifra ha bajado a nueve mil euros, Rachel —señaló él, mirándose el reloj—. ¿Cuál es tu decisión?

Ella apartó la mirada, con las mejillas sonrojadas.

—Tienes que entender que, si fuera sólo por mí, me habría marchado de aquí hace cinco minutos. De hecho, no habría venido, si no hubiera sido porque has saboteado...

—Estás a punto de perder otros mil euros.

—¿Puedo tener un poco más de tiempo para pensarlo? —pidió ella, mirándolo a los ojos.

—No.

—¡Pero es una locura! ¿Cómo sé que puedo confiar en ti? Puede que me des el dinero y, luego, cambies las reglas.

—No cambiaré las reglas. Sólo quiero que tomes el dinero y te largues.

Ella apretó los labios, furiosa.

—Ésta es tu venganza, ¿verdad? Quieres hacerme pagar por haber elegido a Craig en vez de a ti.

Alessandro no dejó entrever sus sentimientos.

—Si no quieres el dinero, seguro que otra persona, sí.

—Pero necesito mucho más que eso —replicó ella—. Necesito...

—Eso es todo lo que voy a darte —le interrumpió él—. Ahora, por favor, decide algo antes de que la cifra baje tanto que ya no merezca la pena.

Rachel se removió inquieta, titubeando.

—Acepto tu oferta —dijo ella al fin.

—Bien. Dame tu número de cuenta y te haré la transferencia en cuanto salgas de mi propiedad.

Ella le escribió los datos en una hoja de papel y se la tendió.

–¿Eso es todo? –preguntó Rachel–. ¿Ni siquiera vas a ofrecerme algo para comer o beber?

–No. Puedes comer en tu hotel.

–No tengo hotel –negó ella–. Al menos, todavía, no.

–Estoy seguro de que encontrarás uno. Positano está lleno.

–Tampoco tengo equipaje. Se ha perdido. No sé si me lo van a devolver, ni cuándo.

–No es problema mío.

–Eres un bastardo sin corazón –le espetó ella–. ¿Sólo te importas tú mismo?

Él arqueó una ceja.

–Lo he aprendido de ti, Rachel. Ya sólo me preocupo de complacerme a mí mismo.

–¿Tienes que pagar a tus amantes para que vengan y para que se vayan? –preguntó ella, lanzándole puñales con la mirada–. He oído que tus relaciones duran muy poco.

–¿Así que has estado informándote sobre mí? –observó él con una sonrisa de satisfacción.

–Las revistas mencionan de vez en cuando tus andanzas y tus últimas conquistas.

–¿No te resulta irónico que el hombre al que rechazaste hace años ahora es más rico que tu padre y que tu antiguo prometido juntos?

–¿Cómo lo conseguiste? –preguntó ella, sin pensar.

–Estaba preparado para triunfar y aproveché la primera oportunidad que se me presentó –contestó él–. Al irme de Australia, se me abrieron nuevos caminos.

–Es una pena que no tengas una familia que esté orgullosa de ti.

Alessandro apretó la mandíbula ante su pulla. Estaba acostumbrado a que Rachel alardeara de su linaje delante de él. Ella era la niña rica con pedigrí, la pequeña princesita malcriada. Él, el bastardo abandonado que mendigaba en las calles. La odiaba por haberle hecho creer que había tenido una oportunidad con ella. Rachel lo había atrapado en su dulce red antes de echarlo de su vida como si fuera un molesto insecto. No iba a cometer el mismo error de nuevo, se dijo él, ni con ella ni con ninguna otra mujer.

–Sí, pero tengo muchos amigos que son como de la familia –repuso él–. Ahora, si me disculpas, tengo cosas que hacer.

–¿No vas a acompañarme a la puerta de tu fortaleza para asegurarte de que no te robe ningún candelabro de plata?

–Dejaré que Lucia te escolte hasta la salida. Yo tengo cosas mejores en las que ocuparme.

–Parece muy amable tu ama de llaves –comentó Rachel, retrasando a propósito su marcha.

–Lucia es un ángel. Ha trabajado conmigo desde que llegué a Italia. Es como una madre para mí.

Rachel pensó en su propia madre. Había muerto cuando ella había tenido tres años y medio, pero todavía la echaba de menos. Y había dejado un vacío en su interior que nunca había podido llenar, a pesar de todas las parejas que su padre había tenido a lo largo de los años. Se preguntó si Alessandro, que no tenía ni padre ni madre, sentiría lo mismo. Él nunca le había hablado de su infancia. Lo único que ella sabía era que había ido de un orfanato a otro y que había vivido en la calle. Ni sabía si sus padres estaban muertos o vivos. Quizá, él tampoco lo supiera.

Alessandro apretó el botón de un intercomunicador en su mesa.

–La señorita McCulloch ya se va.

–Sí, *signor* –respondió Lucia al otro lado del aparato–. Ahora mismo voy.

A Rachel no le gustaba que la echaran. Le irritaba que él fuera quien diera las órdenes, sin siquiera moverse de su silla. Le gustaría tener tiempo para poder provocarlo, vengarse de él. Deseó poder agarrarlo de la camisa y decirle lo que pensaba de él.

–Estás disfrutando mucho con esto, ¿verdad?

–Ten cuidado, Rachel –advirtió él–. No muerdas la mano que te alimenta.

Lucia llegó en ese momento.

–La acompañaré a la puerta, *signorina*.

–Gracias –dijo Rachel pero, antes de irse, le lanzó una última mirada a Alessandro–. Adiós. Espero no tener que volver a verte nunca.

Él no respondió, lo que la puso aún más furiosa.

Alessandro observó por la ventana cómo las dos mujeres iban hasta la puerta de salida. Apretó las manos, tenso. Hacía un par de meses, habría dado dinero porque ella se quedara. La habría pagado para que se acostara con él. Habría disfrutado mostrándole todo lo que se había perdido al haber elegido a Craig Hughson. Luego, la habría echado sin remordimientos, igual que ella había hecho con él.

Sin embargo, en el presente, todo era distinto.

No podía permitirse el lujo de que Rachel supiera lo que le había pasado. Sólo su ama de llaves y su médico lo sabían. El mundo de los negocios era muy delicado y un rumor sobre sus problemas personales podía causarle muchos perjuicios. Si la prensa aireaba que su salud no era buena, aquello podría perjudicar su carrera. Y no quería hacer nada que pudiera poner en peligro las delicadas negociaciones que estaba manteniendo en esos días con un jeque árabe. El médico le había dicho que necesitaba otro mes para recuperarse. Un mes más de aislamiento antes de poder continuar con su vida.

El intercomunicador sonó, entonces, y Alessandro se inclinó sobre la mesa para responder.

–¿Sí, Lucia?

–He tenido que dejar entrar otra vez a la señorita McCulloch.

–¿Por qué? –rugió él.

–No se encuentra bien. Creo que tiene insolación.

Alessandro golpeó la mesa con los nudillos. De nuevo, su conciencia se interponía en sus planes. No podía dejarla en la calle así. Probablemente, podría soportar que ella se quedara un par de días en su casa. Lucia sería discreta y Rachel no tenía por qué averiguar cuál era su estado de salud. Incluso sería divertido, pensó.

–De acuerdo –dijo él–. Dale una habitación de invitados que esté muy lejos de la mía. ¿Necesita que la vea un médico?

–No lo creo. Sólo necesita beber algo y descansar un día o dos.

–Eres demasiado blanda, Lucia –protestó él.

–Tal vez, pero a mí me parece una joven muy amable.

–No la conoces como yo. Te aseguro que puede estar fingiendo.

–No finge. Estaba mareada. He tenido que ayudarla a entrar de nuevo en la casa. Pensé que iba a desmayarse –contestó el ama de llaves.

Alessandro frunció el ceño.

–¿Estás segura de que no necesita un médico?

–Llamaré a alguno si no mejora después de dormir un poco –contestó Lucia–. Creo que estará mucho mejor mañana.

Alessandro se sentó. Sólo permitiría que Rachel se quedara uno o dos días. Era arriesgado, ¿pero no sucedía lo mismo con todas las cosas atractivas de la vida?, se preguntó y sonrió al pensar en cómo podría divertirse con ella. Sería todo un espectáculo verla suplicar más dinero. Y estaba seguro de que lo haría. No había conseguido lo que había querido y no se daría por vencida. ¿Qué artimañas pensaría emplear para hacerle cambiar de idea? Él se dejaría llevar y, cuando lo considerara oportuno, la dejaría con un palmo de narices.

Eso sería lo más divertido de todo.

Rachel se despertó mucho más descansada. Miró el reloj de la mesilla y se sorprendió al ver cuánto tiempo había dormido. Por suerte, le habían desaparecido el dolor de cabeza y las náuseas. Su temperatura era normal y, después de la ducha, se sintió como nueva, aunque tuvo que ponerse las mismas ropas otra vez. Estaban limpias, pues el ama de llaves había sido tan amable de lavárselas y plancharselas. Todavía no había tenido noticias de la compañía de autobuses ni de su equipaje. Su teléfono no tenía mensajes ni llamadas perdidas.

Entonces, el móvil sonó y ella respondió.

–¿Sí?

–¿Qué tal ha ido? –preguntó Caitlyn–. Llevo horas esperando a que me cuentes. ¿Conseguiste el dinero?

–No exactamente –admitió ella y le contó a su amiga y socia todo lo que había pasado.

–Vaya, qué mala pata –dijo Caitlyn–. ¿Crees que puedes volver a hablar con él?

–Lo intentaré, pero no creo que funcione –contestó Rachel–. Sólo me ha dejado quedarme porque estaba enferma ayer. Y porque el ama de llaves le obligó.

–Parece amargado.

–Lo está –afirmó Rachel–. Tenías que haber visto el desprecio con que me miraba ayer.

–Bueno, tú rechazaste su propuesta de matrimonio en el pasado. A algunos hombres les resulta difícil aceptar que les den calabazas.

–Pero yo no estaba segura de amarlo lo suficiente como para casarme con él.

–Tampoco amabas a Craig –le recordó Caitlyn.

–Lo sé –admitió Rachel, sintiéndose un poco avergonzada por su pasado. En su esfuerzo por complacer a su padre, había elegido a un hombre por su dinero y no por amor. Alessandro le había dicho que la amaba. Algo que ni siquiera su padre le había dicho jamás. Craig tampoco había pronunciado nunca aquellas palabras.

Rachel odiaba recordar el infierno que había vivido durante los dos años que había estado saliendo con Craig Hughson. Por lo menos, no se había casado con él. Había estado a punto, pero se había enterado de su doble vida justo a tiempo. ¿Cómo podía haber sido tan tonta para dejarse tomar el pelo de esa manera? Habían pasado ya dos años desde entonces, sin embargo, de vez en cuando la prensa mencionaba algo sobre sus conexiones con la mafia y ella volvía a revivirlo todo. Su cuenta estaba en números rojos debido a él.

Su viaje a Italia le había dado, por primera vez en mucho tiempo, un poco de esperanza. Había creído que su suerte podía cambiar y que podía conseguir lo que siempre había soñado, no por su belleza, ni por la familia de la que provenía, sino por su trabajo. El repentino cambio de planes de los inversores la había dejado fuera de combate. Sin duda, había sido parte del plan de Alessandro. Él debía de haberlo maquinado todo para humillarla.

Y lo odiaba por eso.

Alguien llamó a su puerta. Era el ama de llaves, Lucia, para anunciarle que había servido la comida en la piscina y que podía reunirse allí con Alessandro. Sintiéndose desesperanzada, Rachel se dirigió hacia allí. No tenía bañador. Su biquini estaba en la maleta, en algún lugar entre Milán y Positano. Aunque, teniendo en cuenta el nulo interés que Alessandro mostraba por ella, podía presentarse allí desnuda. Él ni siquiera la miraría.

Rachel había intentado descifrar su expresión durante su breve encuentro, esperando detectar señales de interés físico, pero había fracasado. Y le molestaba que le molestara. No era una mujer vanidosa, al menos, no tanto como lo había sido hacía años. Los constantes desplantes de Craig habían machado su autoestima. Sin embargo, como fémina, apreciaba los cumplidos ocasionales, fueran verbales o no. De todos modos, a pesar de que Alessandro no había mostrado ningún interés, una cierta tensión había invadido la habitación cuando habían estado juntos...

La terraza donde estaba la piscina estaba bañada por el sol del mediodía y una suave brisa que provenía del océano. A Rachel le dio un vuelco el corazón al ver a Alessandro nadando con sus fuertes y bronceados miembros sobresaliendo del agua. No podía dejar de mirar el modo en que las gotas acariciaban su piel masculina. Él se detuvo al llegar a un extremo y la miró.

–¿Tienes bañador?

–No, sólo pensaba quedarme unos minutos –contestó ella, sonrojándose–. Y todavía no he tenido noticias de la compañía de autobuses sobre mi equipaje.

–Lucia te encontrará algo –ofreció él–. Estoy segura de que habrá biquinis arriba de otras invitadas.

Rachel levantó la barbilla.

–No pienso ponerme ropa de tus examantes.

–Pues tendrás que nadar desnuda.

Rachel sintió el calor de su mirada recorriéndola de pies a cabeza. De pronto, tuvo la sensación de que toda la ropa que llevaba era transparente. Le quemaba la piel y los pezones se le endurecieron bajo el sujetador. Lo odiaba más cada minuto que pasaba con él. Su mera presencia era un molesto recordatorio de todos los errores que ella había cometido en el pasado. No le gustaba el modo en que la observaba, haciéndola sentir vulnerable. Era como si él pudiera adivinar su inseguridad e indefensión. Siempre se había sentido así con Alessandro. Nunca había podido ocultarse tras una máscara con él. Y seguía teniendo ese poderoso efecto sobre ella.

–Estoy muy bien aquí sentada –contestó ella con tono frío.

–Como quieras –repuso él, quitándose el pelo mojado de la cara.

Rachel apretó los labios, deseando poder apartar la mirada de su ancho pecho, pero sus ojos parecían tener voluntad propia. Sus pectorales estaban perfectamente marcados. Debía de ir al gimnasio a menudo, pensó. A diferencia de muchos hombres de su generación, no se había depilado el vello del pecho. Por suerte, el agua de la piscina le impedía contemplarlo más abajo. En más de una ocasión, había sentido la fuerza de su erección contra su cuerpo cuando la había besado hacía años. En sus brazos, ella se había derretido de deseo, como una tigresa desesperada por recibir sus caricias.

Pero Alessandro no había sido la clase de hombre que su padre había querido para Rachel. Había estado por debajo de su clase social en todos los sentidos. Había sido un intocable, una fruta prohibida. Sin embargo, ella no había podido resistirse y le había dedicado apasionados momentos clandestinos. Su comportamiento había sido imperdonable. Le había dado pie a Alessandro sin miramientos, cuando en ningún momento había tenido intención de desobedecer los deseos de su padre.

Al ver que él la estaba observando, Rachel se preguntó si también estaría recordando aquellos apasionados besos. Y la terrible noche de su veintiún cumpleaños, cuando su padre había anunciado su compromiso con Craig. Entonces, Alessandro la había mirado con tanto desprecio y odio que ella se había echado a temblar. Había estado rojo de furia. No era de extrañar que todavía quisiera castigarla por ello.

Rachel tragó saliva, molesta por estar tan acalorada y sudorosa, cuando él parecía tan a gusto en el agua fresca de la piscina.

—Lucia ha dejado bebidas en la mesa que hay a la sombra —indicó Alessandro—. ¿Te importa traerme una cerveza fría?

—¿Por qué no vas tú?

—Estoy demasiado bien aquí en el agua.

Ella se cruzó de brazos y levantó la barbilla.

—No soy tu criada.

Alessandro sonrió despacio, haciendo que Rachel se estremeciera. Irritada por ello, se dio media vuelta y se sirvió un vaso de vino helado. Se sentó y bebió.

Casi se había terminado el vino, pero Alessandro seguía dentro de la piscina. La estaba observando.

Rachel se sirvió otro vino y le dio un trago, aunque lo último que quería era que se le subiera el alcohol a la cabeza en presencia de Alessandro Vallini.

Cielos, estaba demasiado acalorada. ¿Por qué no habría metido un biquini en el bolso? ¿Por qué no había pensado en ello? Debía haber previsto que el equipaje podía extraviarse. Quitándose de la cara un mechón de pelo humedecido por el sudor, tomó otro pequeño trago.

−¿Te has puesto protección solar? −preguntó Alessandro.

−¿Y tú?

−Yo siempre uso protección.

Rachel sintió un molesto escalofrío y, para distraerse, se levantó, agarró una cerveza y se la acercó.

−¿Quieres un vaso?

−No, así está bien.

Rachel lo observó mientras él echaba la cabeza hacia atrás y bebía de la botella. No pudo evitar preguntarse a qué sabría su piel si se la recorriera con la lengua...

Intentando controlar sus traidores pensamientos, volvió a la sombra y apretó el vaso de vino entre las manos, que le estaban temblando. Sin duda, había estado demasiado tiempo bajo el sol o algo. Estaba comportándose de forma extraña. Ella no era la clase de mujer que se dejaba influir por una sonrisa y el calor del sol. Ya, no.

En el presente, se había convertido en una adulta responsable y comedida. La vida le había enseñado a poner en orden sus prioridades. No debía dejarse llevar por ilusiones, ni por sueños de ser amada de forma incondicional. Todas las personas querían conseguir lo mejor posible y ella no era diferente. Deseaba poder hacer que Alessandro cambiara de idea respecto a financiar su proyecto. Si pudiera hacer que se sentara y le echara un vistazo a su colección de verano, tal vez, él se lo tomaría más en serio. ¿Cómo podía hacerle cambiar de opinión?

Alessandro se terminó la cerveza y dejó la botella en el suelo de la piscina.

–¿Estás segura de que no quieres bañarte?

–No, gracias.

–Puedes nadar en ropa interior –sugirió él y esperó un momento antes de añadir–: Llevas ropa interior, ¿verdad?

Rachel se sonrojó. Lo odiaba por provocarla así. Él le estaba recordando los tiempos en que vivía en casa de su padre y, de manera deliberada, se había exhibido delante de él casi desnuda. Entonces, le había parecido divertido. La había hecho sentir poderosa. Pero, en ese momento, era él quien tenía el poder.

–Claro que llevo ropa interior.

–Estoy seguro de que es mucho más recatada que la mayoría de los biquinis que he visto en esta piscina.

Rachel se esforzó por no imaginarse los minúsculos atuendos que sus amantes se habrían puesto para seducirlo. Aunque ella no podía criticarlas, pues también lo había hecho en el pasado. Delante de él.

Sin embargo, en el presente, sus gustos se habían decantado por un estilo más convencional.

–Puede que me bañe cuando tú te hayas ido.

–No tengo intención de irme pronto –repuso él–. Nado una hora al día. A veces, dos.

Por eso tenía tan fuertes pectorales, pensó Rachel.

–Me parece excesivo. ¿Es que te estás entrenando para algo? ¿Tal vez para las próximas olimpiadas? –preguntó ella con sarcasmo. No tenía ninguna intención de controlarse con él. Alessandro la había insultado sin miramientos desde el primer momento. Por otra parte, sabía que eso no la ayudaría a conseguir su propósito...

Él puso gesto serio, indescifrable.

–Me gusta hacer ejercicio. Es bueno para la mente y para el cuerpo.

Alessandro siguió nadando, largo tras largo. Ella se quedó mirándolo hipnotizada.

Tras terminarse el vino, Rachel siguió sentada y, a pesar de la sombra del árbol que tenía sobre la cabeza, el calor comenzó a ser una tortura.

Quizá fuera por el vino, o por el sol, o por sus ganas de provocar a Alessandro, pero se levantó, se quitó las sandalias y los pantalones de lino y los dejó doblados sobre la silla en la que había estado sentada. Por suerte, el sujetador y las braguitas que llevaba eran bastante decentes. Sin embargo, al caminar hacia el agua se sintió tan desnuda como el día en que había nacido.

Alessandro estaba en el otro extremo de la piscina cuando ella se metió en el agua, pero se giró para mirarla, como si un radar le hubiera avisado de su acercamiento.

—¿Has cambiado de idea?

—Me estaba derritiendo ahí fuera —contestó ella, disimulando el puro placer que sintió cuando el agua fría la envolvió.

—Deberías estar acostumbrada al calor, ya que vienes de Melbourne.

—Ahora es invierno allí. Y está siendo un invierno muy frío.

Alessandro se apoyó en el borde la piscina con pose indolente.

—Ven aquí. Está más hondo.

—Estoy bien aquí —repuso ella—. Me gusta hacer pie.

—¿Todavía no sabes nadar?

—Claro que sé, pero no nado tan bien como tú.

—Estoy practicando mucho últimamente —comentó él. De un salto, salió del agua y se sentó en el borde, con las piernas todavía dentro de la piscina.

Rachel no pudo evitar posar los ojos en su plano

vientre. No tenía ni un milímetro de grasa. Sus abdominales parecían salidos de un estudio de anatomía. Deseó tocárselos, sentir la textura de su piel, recorrer el vello que le daba un aspecto tan masculino... Entonces, se dio cuenta de que tenía el corazón acelerado, aunque no había nadado ni un solo largo.

–¿Vas a nadar?

–¿Me vas a criticar si no lo hago como una atleta profesional?

Él esbozó una sonrisa de medio lado.

–Tienes que aprender a aceptar las críticas constructivas. ¿Cómo vas a mejorar si no estás abierta a los comentarios y sugerencias de los demás?

En lugar de responderle, Rachel comenzó a nadar. Aunque había paseado por las pasarelas más importantes de varias ciudades del mundo, en ese momento, se sentía expuesta bajo la mirada de él.

Al llegar al otro extremo de la piscina, tomó aliento. Era obvio que no estaba muy en forma.

–No tienes que luchar con el agua –aconsejó él–. Así te cuesta más. Gastas el doble de energía de la necesaria.

Ella se quitó el pelo de la cara.

–Sí, bueno, no es tan fácil cuando no veo adónde voy.

–Tienes que recogerte el pelo con un gorro de natación y, también, necesitas gafas para que no te entre el agua en los ojos.

–Si hubiera sabido que iba a venir a practicar deportes acuáticos, me habría preparado mejor.

Él volvió a sonreír.

–Intenta hacer otro largo sin luchar con el agua. Deja que te sujete mientras flotas sobre ella.

Rachel lo intentó de nuevo y, en esa ocasión, le resultó más fácil. No se quedó sin aliento al llegar al otro extremo. Pero sí cuando se dio cuenta de que Alessandro le estaba mirando los pechos. Una oleada de calor la envolvió. Se sintió como si la hubiera tocado y, como respuesta, se le endurecieron los pezones. No había manera de ocultar su reacción. ¿Se habría percatado él? ¿Sabría lo que le provocaba? ¿Estaría recordando cómo le había acariciado con la boca aquellos mismos pezones, a escondidas, hacía años?

Alessandro la miró a los ojos.

—¿Qué te parece si intentas nadar a braza?

Ella le devolvió la mirada.

—Supongo que también eres experto en eso.

—Podría decirse que sí.

Decidida a no dejarse intimidar, Rachel intentó nadar a braza, aunque se sentía como un perrito luchando por no ahogarse o una rana con las piernas flojas. Al parecer, lo mismo debió de pensar Alessandro, pues hizo una mueca cuando ella llegó al otro extremo.

—Tengo que practicar más, ¿verdad? —dijo ella.

—Qué pena que no te vayas a quedar más de cuarenta y ocho horas —comentó él—. Podría haberte dado unas clases gratis.

—Puedo quedarme un poco más, si quieres —repuso ella, limpiándose el agua de los ojos—. No tengo el billete de vuelta hasta el uno de septiembre.

Él le sostuvo la mirada un momento.

—Dos días, Rachel. Eso es todo. Quiero que te vayas de aquí mañana por la mañana.

El resentimiento se apoderó de ella. La estaba echando a la calle, sin más. ¿Qué pasaba con la hospitalidad? ¿Tanto la odiaba?

—¿Y si no ha aparecido mi equipaje para entonces?

–Tendrás que comprarte ropa nueva con el dinero que te he dado.

–Pero todo el dinero que me has dado es para pagar las deudas que tengo en casa.

–Entonces, tendrás que encontrarte un trabajo.

Lucia apareció en ese momento. Alessandro frunció el ceño al ver su gesto de preocupación.

–¿Qué pasa, Lucia? –preguntó él, en italiano.

–Me temo que ha surgido una emergencia. Mi nuera está en el hospital –respondió la mujer en su idioma, moviendo las manos con agitación–. Ha surgido un problema con su embarazo. Mi hijo me necesita para que cuide de mis nietos. Lo siento mucho, pero tengo que irme. Espero que pueda volver mañana o pasado mañana, como mucho. He llamado a Carlotta para que me sustituya, pero está en casa de su madre en Sicilia.

Rachel no tenía ni idea de qué estaban diciendo, pues no entendía el italiano. Pero estaba claro que a Alessandro no le estaba gustando. Tenía el ceño fruncido y la mandíbula apretada.

Lucia miró a Rachel antes de volver a posar los ojos en su jefe.

–¿Y la señorita McCulloch? –sugirió el ama de llaves, en esa ocasión, en inglés.

–No, de ninguna manera.

–Pero está aquí y no tiene adónde ir hasta que llegue su equipaje –insistió Lucia–. Podría sustituirme hasta que yo vuelva o encontremos a otra persona.

–¿Puedo hacer algo para ayudar? –se ofreció Rachel.

Alessandro frunció el ceño aún más.

–No. No necesito tu ayuda.

Lucia levantó las manos al cielo.

–Señor, por favor, se lo suplico. Tengo que irme cuanto

antes. Mi hijo me está esperando para poderse ir al hospital con su mujer.

–De acuerdo –dijo él–. Haz lo que tengas que hacer. Veré cómo puedo arreglarlo.

Lucia salió corriendo como el viento.

–Algo ha pasado, ¿no? –adivinó Rachel.

–Sí –afirmó él–. Parece que me he quedado sin ama de llaves durante un par de días, a menos que pueda encontrar una sustituta.

–Podría hacerlo yo –dijo ella–. Sé cocinar y limpiar.

Alessandro la miró a la cara. ¿Podía arriesgarse? ¿Podía emplearla durante los dos días siguientes y enfrentarse a las consecuencias?, se preguntó él. Le resolvería un problema, aunque le plantearía otros distintos. Él sabía que la prensa ya estaba inquietándose de no verlo con ninguna amante. Desde que había roto con Lissette, había habido mucha especulación sobre quién ocuparía su lugar. ¿Y quién mejor que la joven que lo había enamorado en el pasado? Sin embargo, en esa ocasión, sería distinto, se prometió a sí mismo. Sería su empleada. Sería una cuestión profesional. Ambos podían conseguir lo que querían. Sin que entraran en juego las emociones. Se trataría sólo de puro y frío dinero.

Tendría que protegerse legalmente, claro, caviló Alessandro. Haría que sus abogados redactaran un trato de inmediato. Si ella le soltaba alguna indiscreción a la prensa, sus negocios podían verse afectados. Pero estaba dispuesto a arriesgarse, a cambio de tener a Rachel a su disposición durante uno o dos días. Ella no tenía ni idea de a qué se estaba ofreciendo. Y ahí radicaba parte de su encanto. Lo más probable era que se fuera en cuanto se enterara. Con ello, le demostraría de nuevo que era una mujer sin compasión, que sólo se preocupaba de sí misma. Tal vez, no le sentaría mal recordarlo, se dijo. Tenerla allí, tan cerca, había despertado los mismos instintos que hacía años. Su forma de ser, orgullosa y vivaz, lo excitaba mucho más que cualquiera de las otras las parejas que había tenido.

—¿De veras quieres trabajar para mí?

—Si trabajar para ti unos días puede servir para que consideres invertir en mi empresa, sí. Haré lo que quieras.

Alessandro arqueó las cejas.

—¿Cualquier cosa?

Ella titubeó con incertidumbre.

—Cualquier cosa razonable.

—¿Hasta dónde estás dispuesta a llegar para conseguir financiación?

—Bastante lejos... —admitió ella, mordiéndose el labio.

—Tengo fama de ser un jefe duro, Rachel —señaló él—. ¿Crees que podrás satisfacer mis exigencias?

Ella se sonrojó, pero no bajó la mirada.

—Haré lo que pueda para satisfacerte.

—¿Te das cuenta de que, si te quedas en mi casa, aunque sea dos días, la gente sacará conclusiones sobre la naturaleza de nuestra relación?

El rubor de sus mejillas se acentuó.

—Por experiencia, sé que la gente pensará lo quiera, sin importarles cuál sea la verdad.

—Tiene que quedarte claro que tu trabajo es el de ama de llaves —puntualizó él—. No se te ocurra meterte en otras áreas de mi vida.

Ella lo miró con resentimiento.

—Tendrías que pagarme el tesoro de un rey para que me convirtiera en tu última amante.

Alessandro se excitó ante sus desafiantes palabras. De pronto, el aguijón del deseo hizo mella en él y su decisión de no hacer ningún acercamiento se tambaleó. Siempre había querido domarla y aquélla podía ser una buena oportunidad.

–Cuidado con tus palabras, Rachel –le advirtió él con voz suave–. No me provoques. O te arriesgas a que acepte el reto.

Capítulo 3

RACHEL le lanzó una mirada fulminante.

–La gente como tú cree que puede comprarlo todo con dinero. Pero yo no me vendo, y menos a ti.

–¿Ir de flor en flor ya no es tu estilo? –preguntó Alessandro con gesto burlón.

Ella apretó los dientes.

–Me estoy ofreciendo a trabajar como tu ama de llaves, nada más.

–Creo que será bastante divertido ver cómo me sirves. La situación ha cambiado, ¿no te parece?

Rachel salió de la piscina de un salto. Se quitó el pelo mojado de la cara y lo miró furiosa. Él estaba allí tumbado con aspecto tranquilo, como si tuviera la situación por completo bajo control.

–Bastardo –le insultó ella, temblando de rabia–. Lo habías planeado todo desde el principio, ¿no?

–Yo no he planeado nada, Rachel –afirmó él con tono calmado–. Sólo te he ofrecido un empleo. Nada más es un contrato temporal entre nosotros. Cuando Lucia vuelva, podrás irte.

Sin quitarle los ojos de encima, ella se puso en jarras.

–¿Así que ni siquiera vas a considerar invertir en mi empresa?

–Rachel, ya es hora de que sepas que no me meto en nada sin pensarlo bien –señaló él–. Y no voy a mezclarme en algo que no merece mi tiempo ni el dinero que tanto me ha costado ganar.

–¿Puedes, al menos, mirar los diseños que he hecho para la marca?

–Me lo pensaré, si te portas bien.

–Quieres decir si duermo contigo –repuso ella con gesto frío.

Despacio, Alessandro la recorrió con la mirada.

–¿Es así como sueles hacer negocios?

–¡Claro que no! –exclamó ella–. Sólo pensé que tú...

–No deberías dar nada por sentado en lo relativo a mí –le advirtió él con una enigmática sonrisa.

Rachel se sintió confusa. ¿Qué quería él si no era acostarse con ella? Hacía cinco años, no habían consumado su pequeña aventura. ¿No sería una venganza perfecta hacer que se acostara con él por dinero? En el pasado, sólo la había tocado en una ocasión, cuando ella lo había animado a hacerlo. Muy diferente había sido su prometido, que se había creído con derecho a toquetearla siempre que había querido.

Sin embargo, si Alessandro se acostaba con ella, se daría cuenta de que era una amante muy poco experimentada y que no se parecía en nada a las mujeres con las que estaba acostumbrado a salir. Sería muy humillante dejar que él descubriera lo limitada de su experiencia.

A pesar de todo, Rachel no podía negar que una corriente eléctrica la recorría cada vez que la miraba. El pulso se le aceleraba en las venas cada vez que oía su voz tan sensual. ¿Sería Alessandro consciente de ello? ¿Era ésa su intención?

–Te daré el resto del día libre para que lo pienses

—indicó él—. Tendré preparado un contrato legal para que lo firmes a la hora de la cena.

Rachel frunció el ceño.

—¿Un contrato? ¿Qué clase de contrato? ¿Para qué?

—Para que te permita vivir aquí uno o dos días tienes que firmar un contrato que te prohíba hablar con la prensa.

—¿No confías en mi palabra?

—Ve a ducharte —repuso Alessandro, ignorando su pregunta—. Te vas a quemar, si sigues al sol.

—¿Vas a entrar tú también? —preguntó ella, molesta por su desprecio.

—No, quiero nadar un poco más. Te veré en la cena. Espero que puedas manejarte en la cocina. Lucia la mantiene bien aprovisionada. Me gustaría cenar a las ocho y media y espero que me acompañes.

—¿No sería eso un poco raro? —preguntó ella—. No creo que suelas cenar con tus amas de llaves.

—Esta situación es diferente. Estás aquí como invitada y como empleada temporal.

—En realidad, no soy una invitada, ¿verdad? Tú dijiste que no querías que me quedara.

—Tú eres la única culpable de mi falta de hospitalidad —señaló él—. Pero, ahora que estás aquí, quiero portarme lo mejor posible. Y te sugiero que hagas lo mismo.

Rachel tomó su ropa, pero cambió de idea. En vez de vestirse, se puso alrededor una de las toallas que había allí. Miró a Alessandro, pero él estaba sentado en el borde de la piscina, con el ceño fruncido y los ojos puestos en el agua.

Sacudiendo la cabeza para quitarse de encima una extraña sensación, Rachel se dirigió a su habitación.

Una vez allí, sin saber por qué, se asomó a la ventana. Miró hacia abajo, pero no vio a Alessandro en la piscina. No había ni rastro de él.

Después de ducharse, le pareció oír un sonido mecánico en la casa. Era como un ascensor. Pensó que sería Lucia saliendo para irse con su familia. Tal vez, al ama de llaves le resultaba demasiado cansado subir y bajar las escaleras. Debía de estar agotada después de tanto esfuerzo por mantener limpia la casa que, por cierto, estaba inmaculada.

Si se dormía una breve siesta, podría estar en forma para otro enfrentamiento verbal con Alessandro, pensó. Aunque no le gustaba admitirlo, lo cierto era que lo estaba deseando.

Después de descansar, Rachel se puso sus pantalones de lino y su blusa. No tenía más joyas que un colgante con un diamante que había sido de su madre. Tampoco tenía maquillaje. Su neceser estaba en la maleta perdida. Tenía un cacao de labios en el bolso, eso era lo único. Se recogió el pelo en un elegante moño.

Bajó las escaleras, con la idea de buscar la cocina. Alessandro le había dejado claro que sólo se quedaría dos días, pero con la inesperada ausencia de Lucia, se le abría una nueva ventana de oportunidad para convencerlo de financiar su empresa. Sin embargo, ella sabía que iba a ser todo un reto. El dinero que él le había dado no le duraría más de una semana, teniendo en cuenta el estado de su hoja de balance. ¿Sería capaz de llegar tan lejos como para suplicarle ayuda? ¿Era eso lo que él quería? Era un hombre muy misterioso, fascinante y masculino. Vivir con él un día o dos sería todo un reto para ella. Sentía cómo se le ponía la piel de gallina cada vez que la miraba. Y no podía negar una conexión invisible con él.

Tenía que ser muy cautelosa, se dijo a sí misma.
Muy cautelosa.

La cocina era el sueño de cualquier cocinera. Había toda clase de ingredientes frescos en la despensa. Rachel se puso manos a la obra, decidida a mostrarle a Alessandro de lo que era capaz. Hacía mucho tiempo que ella no tenía criadas a su servicio. Había aprendido mucho durante los últimos años y se enorgullecía de ser buena en la cocina.

Rachel no lo escuchó entrar en el comedor. Estaba terminando de arreglar la mesa, cuando se lo encontró sentado a la cabecera, junto a las botellas de champán y de vino blanco que ella había dejado en una heladera.

—La cena estará enseguida —anunció ella—. Voy a ver cómo va el pollo.

—Dije que la cena tenía que ser a las ocho y media —le recordó él con gesto imperativo.

Rachel se enderezó.

—Según mi reloj, son sólo las ocho y veinte.

—Entonces, debes de tenerlo atrasado.

—¿Sueles ser siempre tan insolente o lo haces sólo conmigo?

—Eres mi empleada, Rachel. No toleraré falta de puntualidad o de obediencia.

Ella intentó lanzarle puñales con la mirada, pero acabó apartando la vista. Llena de resentimiento, se dirigió a la cocina.

Alessandro estaba todavía sentado en la cabecera cuando Rachel llegó con los entrantes. Los dejó delante de él y se dirigió a la silla opuesta. Le molestaba verlo allí sentado, como si fuera un rey esperando a sus súbditos. Debía de estar haciéndolo a propósito, para hacerle sentir como si no mereciera la pena levantarse cuando ella entraba en la habitación. Lo menos que podía haber hecho era haberse puesto en pie y haberle acercado la silla.

—Me sorprende que no hayas empezado a comer antes de que me sentara.

—Es una grosería empezar a comer antes de que todos los comensales estén sentados —repuso él.

—También es una falta de educación que un hombre no se levante cuando una dama entra en la habitación —contestó ella con rapidez.

Alessandro miró hacia la puerta, como si estuviera esperando a algún otro invitado.

—No me había dado cuenta de que hubiera damas en la habitación —señaló él con gesto frío—. Avísame, si entra alguna.

Rachel apretó las manos, para contenerse de darle una bofetada.

—Estás disfrutando mucho con esto, ¿no es así? Tienes una forma enfermiza de entretenerte, ¿lo sabías? Tu actitud de señor de la mansión es patética. Por mucho dinero que tengas, nada puede borrar tus orígenes. Puedes tener todas las posesiones del mundo, por dentro sigues siendo un chico de la calle que tuvo suerte.

—Siéntate —repuso él con ojos heladores.

Ella agarró la silla con más fuerza y gesto desafiante.

—Me sentaré cuando tú te pongas en pie.

—Pues vas a esperar mucho tiempo, Rachel. Siéntate antes de que pierda la paciencia.

El aire parecía cargado de electricidad, mientras él mantenía fijos en ella sus ojos de zafiro.

El silencio se cernió sobre ellos.

—He traído el contrato para que lo firmes —dijo él y le tendió unos papeles.

Rachel titubeó y los tomó con mano temblorosa. Le molestaba estar tan nerviosa, cuando él parecía compuesto y con la situación bajo control. Le parecía injusto sentirse como una niña pequeña bajo la autoridad de una figura castigadora.

–Debes leerlos con atención antes de firmar –aconsejó él.

Ella sacó la silla y se sentó, antes de darse cuenta de lo que había hecho. No había tenido intención de tomar asiento mientras él siguiera sentado pero, por alguna razón, Alessandro había vuelto a salirse con la suya.

–Muy bonito, Vallini –dijo ella, afilando la mirada.

–Lee el documento, Rachel –ordenó él con rostro inexpresivo.

Rachel leyó los papeles con atención. Decían que su empleo temporal sería de ama de llaves y que eso le comprometía a un acuerdo de confidencialidad. Si hablaba con la prensa durante su tiempo allí o seis meses después, tendría que devolver todo lo que había cobrado, incluidos los diez mil euros que él ya le había dado.

–¿Algún problema? –preguntó él.

Ella lo miró, preguntándose por qué lo había tenido que poner todo por escrito. Le parecía un poco exagerado para una estancia de sólo dos días. Sin embargo, Alessandro no se equivocaba al pensar que haría cualquier cosa por el dinero que tanto necesitaba. Una rápida llamada a la prensa podía procurarle miles de euros pero, de todos modos, ella no sería capaz de hacerle eso a nadie, después de saber por experiencia propia lo que se sentía al ver expuesta su vida privada.

–No, en realidad, no –dijo Rachel–. Me parece bien. Me pagas para tener la boca cerrada.

–Un día o dos a lo sumo. Es todo lo que quiero de ti.

Entonces, serás libre para irte. No me deberás ni un céntimo, a menos que cometas alguna indiscreción.

Rachel tomó el bolígrafo, que todavía estaba caliente de haber estado en las manos de él. Alessandro ni la había rozado cuando se lo había pasado, pero ella sentía que le ardía la piel. Estampó su nombre y le entregó de vuelta el documento y el bolígrafo.

–¿Haces que todas tus amantes firmen acuerdos de confidencialidad antes de acostarte con ellas?

Él le sostuvo la mirada con ojos brillantes.

–Tu trabajo no es ser mi amante, Rachel.

–¿Cómo sé que no acabará formando parte de mis tareas? –preguntó ella, sin poder evitar sonrojarse.

Alessandro se tomó su tiempo para responder.

–No me gusta mezclar los negocios con el placer. Es una combinación peligrosa que puede dejarle a uno a merced del enemigo.

Rachel sabía que estaba lanzándole una indirecta por el modo en que había actuado con él en el pasado. Desde su punto de vista, ella se había comportado como una cualquiera, ofreciéndose a él a la menor oportunidad. Había coqueteado con él, lo había provocado y había disfrutado con ello. Alessandro la había hecho sentir tan femenina e irresistible que se le había subido a la cabeza. Sin embargo, mirando atrás en ese momento, deseaba haber sido un poco más madura y más consciente de las consecuencias.

Alessandro dejó el documento a un lado y alcanzó la botella de champán.

–¿Celebramos nuestro contrato temporal?

–¿Por qué no? –replicó ella, fingiendo despreocupación.

Él le tendió un vaso con bebida espumosa y tomó el suyo, alzándolo para hacer un brindis.

–Por los que saben cuidarse solos –dijo él y bebió.

Ella le dio un pequeño trago y, frunciendo el ceño, recorrió con el dedo el borde de la copa.

–A mí se me da mejor ahora que antes.

Alessandro dejó su copa.

–Eso yo no lo sé. Creo que siempre se te ha dado bien preocuparte por ti misma.

Hubo un silencio.

–¿Cuándo decidiste ponerle fin a tu relación con Hughson?

Ella bajó la vista.

–Me daba cuenta de que las cosas entre nosotros no funcionaban –repuso ella–. Teníamos muy poco en común, a parte de nuestras familias. Creo que siempre lo supe, pero me dejé influir demasiado por mi padre.

–Él quería que te casaras por dinero.

Su afirmación sonó como una crítica.

–Sí, ése fue el modo en que me educaron –afirmó Rachel–. Me enseñaron a mezclarme con las personas adecuadas.

–Pero te divertías confraternizando con las clases bajas.

Sus ojos se encontraron. La mirada de él era glacial.

–No puedo explicar mi comportamiento –señaló ella y apartó la mirada de nuevo–. No pretendía hacerte daño. Creo que me dejé llevar. Había pasado años riéndome de ti y, de pronto, comencé a experimentar una atracción que era del todo nueva para mí...

–Luego, rompiste tu compromiso –comentó él tras una larga pausa.

–Sí. Lo habría hecho mucho antes, pero... pero era difícil admitir que... me había equivocado con él.

–Por orgullo.

Ella levantó la vista hacia él, mordiéndose el labio inferior.

–Sí, por orgullo y porque mi padre pensaba que Craig era todo lo que su yerno debía ser. Anulé la boda veinticuatro horas antes y mi padre nunca me ha perdonado porque cree que soy culpable de que lo perdiera todo. Yo sabía que Craig había metido dinero en el negocio de mi padre, pero no sabía cuánto. Por supuesto, cuando anulé la boda, lo retiró todo. Y allí se quedó toda esa comida, todas esas flores, el vestido, la tarta... no puedes ni imaginarte qué desastre.

–Sí puedo.

Rachel se mordió el labio de nuevo, bajo la ardiente mirada de él. Alessandro tuvo ganas de tocárselo con la punta del pulgar para acariciar su suavidad.

Sin embargo, se limitó a agarrar el vaso y dar otro trago de champán. No quería imaginársela con su prometido. Odiaba pensar que había estado con ese tipejo. Cada día que ella había estado con Craig había sido una tortura para él. No quería pensar que aquel bruto la había tenido entre sus brazos. Sin embargo, ella lo había elegido. Había elegido el dinero de Hughson en vez de su amor. Él se había quedado hundido y, durante años, había luchado para olvidarlo, para no volver a sentir nada por nadie. Sin embargo, su odio por ella seguía vivo. Y la odiaba con la misma pasión que la había amado en una ocasión.

–Nunca te gustó, ¿verdad? –preguntó ella, mirándolo.

Alessandro dejó su vaso.

–¿Te refieres a tu padre o a tu prometido?

Rachel se sonrojó.

–A los dos, en realidad...

–Me doy cuenta de que no es agradable oír críticas

sobre alguien a quien amas –comentó él–. Eso es lo bonito de los niños pequeños, que sólo ven las cosas buenas de sus padres.

–Yo no era una niña cuando entraste a trabajar para mi padre –repuso ella–. Tenía dieciocho años. Era una adulta.

Alessandro recordó cómo había sido ella entonces. Se había comportado como una princesita rica y malcriada, ignorante de cómo era el mundo real, ese mundo en el que él había estado sumergido desde pequeño. Ella se había sentido superior. Había mirado por encima del hombro a cualquiera que no vistiera con ropa de diseño o no condujera un coche deportivo. Él lo había aguantado durante los dos primeros años, soportando sus comentarios acerca de su origen, de sus ropas o de su coche de segunda mano. Sin embargo, un día, Rachel había empezado a coquetear con él.

Al principio, Alessandro lo había ignorado, pero al final le había resultado imposible resistirse. La primera vez que la había besado había sido una explosión de deseo para él. A pesar de ello, nunca la había presionado para que se acostaran. Tampoco se había sentido cómodo ocultando su relación. Él había querido hacerla pública, pero ella había insistido en mantenerla en secreto. Entonces, él no se había dado cuenta de que había sido sólo un juego para ella. Lo había provocado durante semanas y, luego, lo había rechazado como a un perro sarnoso.

Durante los últimos años, Alessandro se había alegrado de que ella se hubiera llevado su merecido. Había estado al tanto del escándalo que la había salpicado y de cómo su carrera de modelo se había derrumbado, junto con su reputación.

Se lo había merecido por cómo le había tratado, pensaba Alessandro. Había sido un tonto por haber creído amarla. Se había enamorado de una fantasía, no de una persona real. Se había engañado pensando que no era una malcriada y egoísta, sino una joven vulnerable que escondía sus inseguridades detrás de una máscara. Pero se había equivocado. Ella era tan egoísta y malcriada por dentro como lo era en el exterior. El hecho de que hubiera ido a buscarlo para pedirle dinero, después de todo ese tiempo, lo demostraba.

Rachel no tenía vergüenza.

Al mirarla en ese momento, sin maquillaje y con sus enormes ojos, Alessandro se dijo que debía tener cuidado para no caer en sus redes. No merecía su respeto y no pensaba tratarla como una dama hasta que ella no demostrara que sabía comportarse.

Rachel tocó el borde de la copa con los dedos y Alessandro no pudo evitar imaginarse esa suave mano acariciándolo, tocándolo. Se obligó a no pensarlo. Los médicos le habían dicho que era cuestión de tiempo. ¿Pero cuánto? Ya llevaba casi dos meses. Dos meses haciendo todo lo posible para recuperarse, para que su cuerpo se curara. Sin embargo, no tenía ninguna garantía de que fuera a ser así. No estaba seguro de que recobrara su movilidad al cien por cien. Había signos de mejora, ¿pero hasta dónde podría mejorar? Aun así, sabía que era más afortunado que otros muchos. Sabía que debía estar agradecido por ello.

De todos modos, quería recuperar su vida.

Era lo que más deseaba.

Rachel dejó el tenedor cuando terminó y se dio cuenta de que Alessandro la estaba mirando.

–¿Pasa algo? –preguntó ella.

–No, sólo estaba comprobando si has usado la cubertería adecuada –contestó él con gesto indescifrable.

Ella se sonrojó.

—Nunca vas a perdonarme por las pullas que te lancé sobre tus orígenes, ¿a que no? —le espetó ella.

Alessandro se terminó el champán de un trago y dejó la copa.

—Estás muy sensible, ¿verdad, cariño?

A Rachel se le encogió el corazón al oírlo llamarla así. Además, su voz profunda y sensual la hacía estremecer. Era otro de sus devastadores atractivos. ¿Cómo era posible que la voz de un hombre pudiera hacer que una mujer se derritiera como la miel? Su timbre era como la caricia de la mano de un amante. ¿Qué sentiría, entonces, si él la tocaba?

—¿Por qué me has llamado así?

Alessandro esbozó una breve sonrisa que no le llegó a los ojos.

—¿Te sigue preocupando que intente seducirte y llevarte a la cama?

A Rachel le costó disimular su reacción. La irritaba que él pareciera capaz de leerle la mente. Sin embargo, en un instante, recuperó la compostura.

—Puedes intentarlo, otra cosa muy distinta es que lo consigas —le retó ella con sarcasmo.

En esa ocasión, Alessandro sonrió un poco más, aunque sus ojos seguían fríos como el hielo.

—¿Estás intentando provocarme, tesoro?

Rachel estuvo a punto de tirar su copa sin querer.

—Claro que no. N-no es mi intención.

—¿Cuánto tiempo llevas sin pareja? —preguntó él, rellenándole el vaso.

Ella titubeó antes de responder. A sus veintiséis años, sólo había tenido un par de amantes. Su primera experiencia había sido una aventura de la adolescencia que había minado seriamente su autoestima. Y tener sexo con Craig no había hecho más que afianzar sus miedos. Ella había sido demasiado joven, inexperimentada y cabezota para aceptar que había sido un error comprometerse con él. Por eso, en vez de romper, se había aferrado más a la relación, intentando convencerse de que era algo que nunca podría ser.

–¿Rachel?

–He estado muy ocupada últimamente con mi empresa –repuso ella, mirándolo a los ojos–. No he tenido mucho tiempo para alternar.

–Háblame de tu amiga –pidió él–. Sois socias, ¿no es así?

–Sí. Caitlyn y yo nos conocimos en la escuela de diseño. Nos llevamos bien y tenemos objetivos parecidos. Me ayudó mucho cuando rompí con Craig. No sé qué habría hecho sin ella. Caitlyn también tuvo un novio que la maltrataba, así que sabía lo que era...

Alessandro estaba muy callado. Rachel levantó la vista y se lo encontró observándola con el ceño fruncido.

–Lo siento... no tengo por qué contarte mis problemas...

–¿Craig Hughson te pegaba?

–No. Pero me amenazaba –contestó Rachel–. Supongo que, por eso, he estado bajo su control durante tanto tiempo. No estaba segura de qué era capaz. Y no quería arriesgarme. Al final, tuve el valor de terminar nuestra relación, gracias a la ayuda de Caitlyn. Ella me hizo ver cómo me estaba manipulando –recordó y bajo la mirada–. Yo era demasiado tonta como para darme cuenta sola.

Alessandro alargó el brazo y le tocó la mano.

–La culpa no fue tuya.

Rachel sintió su calidez. La piel de él estaba muy

morena comparada con la suya. Sus largos dedos salpicados de vello, sus uñas limpias y cortas, sus manos fuertes... capaces de incendiarle el cuerpo con una sola caricia.

Ella tragó saliva y, despacio, levantó los ojos hacia él. Sus pupilas eran como agujeros negros en el océano azul. Si no tenía cuidado, podría ahogarse en ese océano, se advirtió a sí misma.

Alessandro apartó la mano y se recostó en su silla.

—No creo que nadie deba alegrarse de las desgracias de los demás —dijo él—. Nadie está contento todo el tiempo. Yo mismo he tomado decisiones que lamento.

Rachel se imaginó la que más lamentaba. Alessandro le había pedido que se casara con él minutos antes de que su padre presentara públicamente a Craig como su prometido. Si él supiera lo mucho que le hubiera gustado darle el sí en vez de a Craig... Su vida habría sido muy diferente.

—Iré a por el segundo plato —dijo ella, para romper el silencio.

Mientras estaba en la cocina, Rachel se miró el brazo, donde él le había tocado. Todavía podía sentir su calor y un cosquilleo electrizante.

Se frotó el brazo, molesta consigo misma por actuar como una adolescente impresionable en vez de como una adulta razonable y madura. No podía dejarse distraer por su poderoso atractivo. Tenía la misión de salvar su empresa y ésa debía ser su prioridad.

Cuando Rachel hubo servido el segundo plato, Alessandro centró la conversación en temas más neutros. Parecía estar esforzándose por no mencionar el pasado. Y ella se lo agradeció.

Él le preguntó cuáles habían sido los últimos libros que había leído, qué películas había visto y dónde había ido de vacaciones. Incluso se había reído cuando Rachel le había contado una anécdota sobre una mujer famosa que había ido a probarse uno de sus diseños. Entonces, ella se dio cuenta de que apenas lo había oído reír antes. Era un sonido profundo y rico que hacía cosquillas en la columna vertebral al escucharlo. Fue un momento mágico que los conectó de un modo que ella no había experimentado con anterioridad. Eso le permitió vislumbrar la clase de hombre que él era tras su fachada: respetuoso, disciplinado, enérgico y honrado. ¿Por qué había tardado tanto tiempo en darse cuenta?

Antes de que se dieran cuenta, era la hora de servir el café.

–¿Has vuelto a Australia en estos años? –preguntó ella, sirviendo dos tazas para ambos.

–No.

–¿Por qué no?

Alessandro removió su café, a pesar de que no le había puesto azúcar.

–Es un país excelente –dijo él–. Pero mi corazón pertenece a Italia. En cuanto salí del avión, me sentí como en casa.

–Tu padre era italiano, ¿no?

–Sí –afirmó él y le dio un trago a su taza–. Se fue a Australia de vacaciones, pero acabó quedándose allí cuando conoció a mi madre.

Rachel nunca lo había escuchado hablar de sus padres antes.

–¿Y por qué terminaste en un orfanato?

–Mi padre murió en un accidente de trabajo cuando yo era un niño. Y las cosas se complicaron –contestó él con aire ausente.

–¿Lo recuerdas?

–Sí. Era alto como yo y tenía mi mismo color de piel

—señaló él—. Trabajó mucho intentando salir adelante, pero no lo consiguió. Tenía todo en contra, incluida a mi madre.

—¿Ella sigue viva?

—Murió hace unos años. No supe nada hasta después del funeral.

—¿Quieres decir que no mantenías relación con ella?

Él la miró a los ojos con gesto profundo e insondable.

—Lo intenté, pero no nos llevábamos bien. Al final, pensé que era mejor mantenerme alejado.

—¿Por qué?

—No se podía confiar en ella —explicó él—. Siempre estaba cambiando de casa y de novio. Era toxicómana. Por eso, mi padre no conseguía ganar nunca lo suficiente. Era un problema que no podía combatir sola. Cuando mi padre murió, ella comenzó a caer en picado, sin nadie que la ayudara.

Rachel sintió un nudo en la garganta. Siempre había sabido que él provenía de una familia humilde, pero nunca se había molestado en saber más. Había oído rumores de que lo habían echado de numerosos orfanatos y había asumido, por eso, que había sido un rebelde, que *él* había sido el problema.

—Lo siento mucho —susurró ella—. No tenía ni idea de que lo hubieras pasado tan mal. Pensé que sólo habías sido un chico difícil. Nunca me lo habías contado.

—Mi padre fue un idiota por enamorarse de mi madre —dijo él—. Ella no podía querer a nadie, su único amor era la heroína. Él debió comprender que no podía ayudarla. Pero no lo hizo.

—Debió de ser horrible para ti no tener a nadie en quien confiar, después de la muerte de tu padre —comentó ella—. ¿Cómo conseguiste salir adelante?

–Como cualquier niño. El instinto de supervivencia entra en acción. Tras unos años rebeldes, decidí continuar con el sueño de mi padre de forjarse una vida mejor. Salí de las calles y estudié.

–Estoy segura de que estaría orgulloso de ti –dijo ella.

Alessandro se encogió de hombros con indiferencia.

–Yo no estoy orgulloso de mis orígenes, pero me han hecho ser quien soy hoy. Supongo que debería estar agradecido por eso. Podría haber seguido el ejemplo de mi madre. Alguna gente lo hace. Es lo único que conocen, como si lo llevaran programado en los genes.

–¿Y cómo lograste no caer en la misma trampa que ella?

–Yo quería ganar, Rachel –repuso él con gesto de determinación–. No me detendré hasta conseguir lo que quiero.

Ella tomó su taza para tener las manos ocupadas. Quería alargar el brazo y tocarle la mano, pero no estaba segura de cómo lo interpretaría él. Nunca estaba segura de cómo podía reaccionar con Alessandro. Si lo tocaba, ¿se limitaría a ser un gesto de apoyo? ¿O no podría evitar acariciarle y entrelazar sus dedos con los de él? Nerviosa, apretó la taza entre las manos, pero estaba demasiado caliente y la soltó de golpe, derramando el líquido sobre el mantel. Le salpicó también a la blusa.

–¿Estás bien? –preguntó Alessandro–. No te has quemado, ¿verdad?

–No, estoy bien –contestó ella y se secó con la servilleta que él le tendía–. Lo siento. No suelo ser tan patosa.

Él se quedó sentado mientras Rachel recogía la mesa y ella intentó no sentirse molesta. Al fin y al cabo, le pagaba para que fuera su criada. No tenía derecho a enfadarse porque no la ayudara. Debía llevarse bien con él para conseguir que considerara la posibilidad de financiar su empresa. Era una situación un tanto humillante para ella, pero no tenía elección.

—Alessandro... Me gustaría decirte lo mucho que...

—Vete a la cama —le interrumpió él, como si estuviera hablando con una niña pequeña que lleva demasiado tiempo levantada—. Tu trabajo ha terminado por hoy. Hablaremos por la mañana.

—Pero yo...

—No discutas conmigo, Rachel. Es obvio que estás exhausta. No debí haberte entretenido hasta tan tarde. Lo siento, perdí la noción del tiempo.

Rachel se dio media vuelta y se fue. Por una parte, se sentía molesta porque la hubiera despedido tan pronto y, por otra, se daba cuenta de que él le había revelado muchas cosas de su pasado. Se avergonzaba de no haberse interesado por su familia antes. ¿Por qué había asumido que había sido un chico malo sin más? ¿Por qué no se había fijado antes en su determinación y su energía? Era un hombre decidido a triunfar y ella había sido parte de su plan, pero había fracasado. No era de extrañar que estuviera disfrutando al tenerla bajo sus órdenes.

El éxito, después de todo, era la mejor venganza.

Cuando se estaba lavando la cara antes de acostarse, Rachel se dio cuenta de que no llevaba puesto el colgante de su madre. Llena de pánico, se buscó entre las ropas para ver si lo tenía ahí. Pero no lo encontró. Entonces, recorrió su cuarto, buscando en el suelo el pequeño colgante de diamantes y plata. Nada. Vació el bolso sobre la cama y rebuscó con atención, tampoco estaba allí. Buscó en el lavabo y se mordió el labio, intentando recordar cuándo había sido la última vez que lo había sentido alrededor del cuello. Como lo llevaba casi todo el tiempo, se había convertido en parte de ella...

Y ya no lo tenía.

Sin poder evitarlo, comenzó a sollozar. No podía perderlo. Era lo único que le quedaba de su madre. Rebuscaría hasta en el último rincón de aquella casa hasta que lo encontrara, aunque tuviera que pasarse toda la noche despierta.

Se puso una bata de satén que Lucia le había dejado antes y bajó al piso de abajo, encendiendo las luces a su paso. Al llegar al comedor, abrió las puertas. La mesa estaba recogida, limpia y reluciente, con un jarrón de rosas en el centro.

Se puso de rodillas y comenzó a buscar en la alfombra. Estaba a punto de ponerse a llorar, con el corazón encogido de pensar que había perdido el último recuerdo de su madre.

—Oh, cielos, ¿dónde estás? —dijo ella en voz alta, sentándose sobre los talones y quitándose en pelo de la cara.

De pronto, Rachel se giró al oír un sonido a sus espaldas, sobre la alfombra.

El corazón estuvo a punto de salírsele del pecho cuando vio a Alessandro sentado en una silla de ruedas, mirándola.

—¿Es esto lo que estás buscando? —preguntó él, sosteniendo entre los dedos el colgante de su madre.

Capítulo 4

RACHEL tragó saliva, sin dar crédito a lo que veía.

—Yo... yo...

—Siento no poder levantarme en tu presencia, pero espero poder hacerlo dentro de unos días —señaló él sin entusiasmo.

Ella se sonrojó de vergüenza.

—No tenía ni idea... lo siento mucho... ojalá lo hubiera sabido. Nunca te habría dicho... Oh, cielos... —murmuró ella y se mordió el labio, recordando todo lo que le había dicho por no levantarse ante su presencia. Nunca se le había ocurrido que no pudiera. Cielos, ¿qué pensaría de ella?

Con la garganta contraída, Rachel recordó que siempre que había estado con él, Alessandro había estado sentado, excepto cuando lo había visto en la piscina, nadando. Pero allí tampoco lo había visto de pie, sino apoyado o sentado en el borde de la piscina. ¿Por qué él no le había dicho nada? ¿Por qué Lucia no se lo había advertido? ¿Qué estaba pasando?

Alessandro acercó la silla de ruedas hacia ella, usando las manos.

—Puedes levantarte —dijo él—. No espero que te arrodilles ante mí como una esclava de la edad media.

Ella se puso en pie con reticencia, olvidando por un momento que sólo llevaba puesta una ligera bata de satén. Al sentir cómo la recorría con la mirada, deseó haberse vestido un poco más.

—Has encontrado mi colgante.

—Sí –dijo él y se lo tendió–. Debió de caérsete cuando te limpiaste el café de la blusa. Estaba en el suelo. Lo encontré cuando iba a irme arriba.

Rachel intentó abrocharse el colgante, pero sus dedos no querían colaborar. Tras un par de intentos, se le cayó al suelo y se agachó para recogerlo.

—Ven. Déjame –se ofreció él.

Ella se inclinó hacia delante, pero Alessandro la acercó un poco más. Sus caras quedaron casi pegadas.

Los ojos de él estaban muy oscuros. Su aliento con olor a menta le acarició la cara a Rachel. Podía verle la barba incipiente y ardió en deseos de acariciársela, sentir sus contornos con la boca. Y apretarse contra sus labios... El corazón comenzó a acelerársele como un tumultuoso terremoto.

Alessandro le tomó el colgante de los dedos y se lo colocó alrededor del cuello. Le levantó el pelo del cuello para abrochárselo. Ella se estremeció, por dentro y por fuera. Su contacto era como el fuego.

—Ya está –dijo él y se apartó cuando lo hubo abrochado–. Deberías ir a un joyero para que te asegure el cierre.

Rachel se tocó el colgante con los dedos, sin poder apartar los ojos de Alessandro.

—Gracias –repuso ella con voz ronca–. No sé qué habría hecho si lo hubiera perdido.

—Parece muy valioso para ti.

—Sí, era de mi madre –explicó Rachel y se sentó sobre los talones–. Es lo único que me queda de ella.

—Bueno, pues ya lo has recuperado.

Rachel se mordió el labio.

–¿Qué te ha pasado?

Él la miró en silencio un largo rato. Ella esperó, preguntándose si él estaría sopesando los pros y los contras de contestar. ¿Sería por eso lo que le había hecho firmar el acuerdo de confidencialidad?

–¿Has oído hablar del síndrome de Guillain-Barré?

–Sí, creo que sí –contestó ella–. Es debido a un virus, ¿no?

–Eso es. Hace dos meses, después de un viaje al extranjero, contraje una pequeña infección respiratoria. No era nada grave, o eso pensé yo. Pocos días después, mis piernas se resintieron. Y yo creí que sólo necesitaba descansar. Había estado entrenándome para un maratón antes de enfermar. Pero resultó ser el síndrome de Guillain-Barré. La enfermedad inflama y destruye la mielina de los nervios periféricos. A veces, la parálisis puede ser mucho más seria y afectar a la capacidad de respirar o tragar. Me han dicho que la mía es de las leves. Sólo me ha afectado a las piernas y espero que de forma temporal.

Rachel se quedó sin saber qué decir. Todavía estaba conmocionada. Y avergonzada por todo lo que le había dicho. ¿Por qué no se había defendido él? ¿Acaso había esperado mantener en secreto su enfermedad durante su estancia allí?

–No te preocupes, Rachel –dijo él con gesto amargo–. No es contagioso.

Ella frunció el ceño al darse cuenta de cómo había interpretado su silencio.

–No estaba pensando en eso.

–¿Ah, no? –preguntó él con mirada cínica.

–Claro que no.

–¿Así que no estás planeando irte mañana a primera hora?

—No pienso irme —contestó ella, sorprendiéndose a sí misma por su reacción. Él la creía una mujer sin principios ni honor, pero le demostraría que estaba equivocado. Se quedaría tal y como había acordado. Y mientras él la necesitara.

Alessandro se apartó con la silla.

—No quiero tu lástima —le escupió él.

—No te tengo lástima —replicó ella—. Creo que es terrible lo que te ha pasado y siento empatía, no lástima.

—Levántate del suelo, por el amor de Dios —ordenó él, irritado.

Rachel se puso en pie, cubriéndose los muslos con la bata.

—¿Necesitas algo? ¿Puedo ayudarte?

Alessandro la miró con ojos brillantes.

—¿Qué me estás proponiendo, en realidad, Rachel? ¿Me estás ofreciendo tu cuerpo para despertar mis nervios dormidos?

Ella se sonrojó de nuevo.

—Eso no formaba parte del trato.

—Podríamos incluirlo.

—No lo dices en serio —repuso ella con ojos como platos.

—Puedo hacer lo que quiera, Rachel. Soy yo quien maneja los hilos ahora, ¿recuerdas?

—¿Vas a castigarme por todas las cosas que te he dicho en el pasado? —preguntó ella—. ¿Es eso lo que te propones?

—Vete a la cama, Rachel —ordenó él con ojos de hielo—. Te veré por la mañana.

—No me mandes a la cama como si fuera una niña —protestó ella—. Es muy desagradable.

Alessandro apretó las manos alrededor de las ruedas de su silla.

—¿Estás decidida a hacerme perder la paciencia?

—No me das miedo, Alessandro.

—Pues deberías tener miedo —advirtió él—. Puedo hacer más daño que diez de tus inútiles prometidos. Una palabra mía y tu marca de moda no tendría ninguna oportunidad. Nadie en toda Europa querría hacer tratos contigo. ¿He sido lo bastante claro?

Rachel se tragó el nudo que tenía en la garganta.

—Si haces eso, no sólo me destruirás a mí, también está mi socia y mis empleados.

Él apretó la mandíbula.

—Entonces, es mejor que te comportes, ¿no, querida? —replicó él y, sin esperar respuesta, dio media vuelta en la silla de ruedas y se fue.

Rachel estaba tumbada en la cama, sin esperanzas de dormir. Llevaba horas viendo avanzar las agujas del reloj, sin poder descansar la mente. Casi estaba amaneciendo.

La amenaza de Alessandro seguía resonándole en los oídos. Podía destruirla sólo con una palabra. Y ella no tenía manera de saber si lo haría o no. Sin duda, él tenía motivos para hacerlo, pensó. Por eso, no le quedaba más remedio que complacerlo. Si fracasaba con su empresa, se confirmaría su peor miedo, el de no tener la energía y el talento necesarios para conseguir nada en la vida.

Había escuchado el sonido del ascensor que llevaba a Alessandro a su habitación. Al parecer, él también se había acostado tarde. Se preguntó si habría podido dormir o si habría estado dando vueltas en la cama como ella.

Él había dicho que esperaba poder andar de nuevo dentro de un par de días. ¿Pero y si no era así? Rachel no sabía cuál era el progreso de la enfermedad. Lo único que sabía era que Alessandro era una de las personas más activas que había conocido. El hecho de que su padre lo hubiera explotado cuando había trabajado para él la avergonzaba.

Lo cierto era que Rachel llevaba dos años sin hablar con su padre, desde que le había pedido que le pagara una deuda de juego. Su padre lo había perdido todo por su ludopatía, incluida su casa y el jardín que su madre tanto había amado. Hasta había intentado quitarle a su hija el colgante de diamante para empeñarlo...

Rachel apartó el edredón y se acercó a la ventana. Corrió la cortina. La piscina brillaba bajo los primeros rayos de sol. Antes de que pudiera cambiar de opinión, se puso la ropa interior y, envolviéndose en una toalla, bajó las escaleras de mármol hasta la terraza.

Se zambulló y comenzó a hacer largos. Era una mañana hermosa y cálida. El agua estaba a la temperatura perfecta. Se tumbó de espaldas y cerró los ojos, mientras nadaba...

Alessandro frunció el ceño al leer el correo electrónico del jeque Almeed Khaled. Le invitaba a asistir a una cena con su pareja en un hotel de lujo en París y a pasar allí toda la semana siguiente. Era señal de que el jeque quería hacer tratos con él. Sin embargo, la invitación suponía un problema. Si no acudía con una pareja, el otro hombre podía sospechar que las cosas no le iban tan bien. Y él sabía que muchos tratos acababan por no cerrarse a causa de una enfermedad. El mundo de los negocios era despiadado. La gente no tenía miramientos con los asuntos personales de los demás. Así funcionaban las cosas. Un trato era un trato.

Apartando la vista del ordenador, Alessandro miró por la ventana, reflexionando sobre la mejor manera de solucionarlo. Entonces, vio a la preciosa sirena que flotaba en su piscina bajo el sol de la mañana. Su cuerpo esbelto relucía con un brillo etéreo y el pelo le rodeaba la cara como si fueran mechones de seda.

¿Cómo podía aprovechar la situación?, se preguntó él.

Rachel necesitaba dinero.

Él necesitaba una pareja temporal.

Como todas las mujeres que había conocido, serviría a sus propósitos durante un tiempo y, luego, todo terminaría. Sus relaciones eran para él como cualquier otra transacción económica. Ambas partes mantenían su acuerdo durante el tiempo establecido y obtenían lo que habían querido. Si pasaba el resto del mes con Rachel, podría dejarla atrás después sin remordimientos.

No sentiría nada.

Nada de nada.

Sonriendo, Alessandro se dirigió a la piscina. Aquello iba a ser mucho más divertido de lo que había creído.

Rachel se giró y lo vio junto a la piscina. Al instante, se cubrió con las manos los pechos embutidos en el sujetador de encaje.

–N-no te he oído llegar.

Alessandro esbozó algo parecido a una sonrisa y señaló las ruedas de su silla.

–Es un modelo de lujo. Silencioso y rápido.

Ella se mordió el labio con ese gesto infantil que tanto desarmaba a Alessandro. Iba a tener que esforzarse más en hacerse inmune a sus tretas, se dijo él. Rachel no era ninguna niña inocente. Nunca lo había sido.

Era una manipuladora y una cazafortunas. Ya se había vendido en una ocasión. Lo haría de nuevo. Y sería divertido verla desempeñar su papel.

—Voy a salir para que nades tranquilo —dijo ella.

—Estoy seguro de que hay sitio en la piscina para los dos.

Ella se detuvo con las manos en las escalerillas para salir.

—Pensé que querrías un poco de privacidad.

Alessandro la recorrió con la mirada, deteniéndose en sus pechos exuberantes antes de mirarla a los ojos. Sintió cómo el deseo despertaba con más fuerza que nunca.

—Si alguien merece tener privacidad, eres tú —comentó él con gesto inexpresivo—. Espero que tu equipaje llegue en las próximas veinticuatro horas.

—No pensé que fueras a bajar tan temprano —señaló ella—. He pasado una mala noche. No he podido dormir. Se me ocurrió que hacer ejercicio me sentaría bien.

Alessandro se acercó a la piscina.

—Es un buen remedio para casi todo.

Notando cómo ella lo observaba, él maniobró la silla para llegar hasta las escaleras. Pudo dar un par de pasos, un avance comparado a lo que era capaz de hacer hacía un par de días. Eso lo motivaba para seguir esforzándose con los ejercicios.

Vencería la enfermedad, se dijo Alessandro.

No podía considerar otra posibilidad.

Nadó un par de largos para entrar en calor y se acercó hasta donde estaba Rachel, aferrada a la barandilla de las escalerillas.

—No he contaminado el agua, ya sabes —dijo él.

—Me gustaría que no pensaras tan mal de mí —pidió ella, frunciendo el ceño.

–Nada conmigo. Podemos entrenarnos juntos. A mí me viene bien tener compañía. Es muy aburrido estar aquí siempre solo.

Rachel volvió a zambullirse en el agua.

–Eres muy buen nadador –dijo ella–. Nadie diría que puedes nadar tan bien estando...

–¿Inválido?

–Yo no he dicho eso.

–Es lo que pensaría cualquiera.

–Yo no soy cualquiera –le espetó ella–. Sé que crees que soy maleducada y egoísta. Admito que lo fui en un tiempo. Pero los últimos años me han hecho cambiar. No juzgo a las personas por su aspecto, ni por su origen, ni por lo que tienen. Todos somos iguales.

Alessandro hizo una mueca de incredulidad.

–¿Esperas que me crea que te has convertido en otra persona? No tienes ni idea de lo que es ser pobre, Rachel. Siempre has vivido como una princesa. Nunca has tenido que suplicar comida. Nunca has tenido que dormir al raso, sintiendo cómo el frío te cala los huesos. Nunca has tenido que defenderte de los drogadictos de turno, dispuestos a matarte por conseguir una dosis.

Rachel recibió sus palabras como bofetadas y, al instante, Alessandro se arrepintió por haber revelado tanta información de su sórdido pasado. Ella bien podía usarlo en su contra. Hacía años, él no había querido contarle nada, para no empañar su relación con las sombras de lo que había vivido. En cierta forma, parte del atractivo de Rachel entonces había sido su inocencia, que él no había querido estropear.

Ella se mordió el labio de nuevo, hasta que se le quedó casi blanco. Diablos, ¿por qué no dejaba de hacer eso?, se dijo Alessandro.

—Voy a ir dentro a darme una ducha —indicó ella, dirigiéndose de nuevo a las escaleras.

—Rachel.

—¿Sí?

—Tengo una propuesta que hacerte.

—¿Ah, sí? —preguntó ella con desconfianza.

—He decidido darte la financiación que necesitas.

A Rachel se le encendieron los ojos de entusiasmo.

—¿De verdad?

—Pero quiero algo a cambio.

El entusiasmo de ella se desvaneció.

—¿Qué?

—Quiero que seas mi amante durante el resto del mes.

Rachel se sonrojó, abriendo los ojos como platos.

—¿C-cómo?

Alessandro sonrió. Sin duda, ella era muy buena actriz. El papel de virgen inocente se le daba muy bien.

—Lo que has oído.

—Lo siento, pero me ha parecido oír que querías que fuera tu amante —dijo ella, meneando la cabeza—. Debo de tener agua en los oídos.

Alessandro se quedó callado un segundo.

—Estoy dispuesto a financiar tu empresa y a pagarte generosamente por cada día que estemos juntos.

Rachel apretó la mandíbula, furiosa.

—Sabía que lo harías. Sabía que ibas a cambiar las reglas a tu antojo.

—Si te acuestas conmigo o no, depende de ti —explicó él—. No es una condición obligatoria.

Ella titubeó un momento, frunciendo el ceño.

—No... no lo entiendo... Acabas de decir que quieres pagarme para que sea tu amante...

—En público, pero no tenemos por qué seguir con la farsa en privado —indicó él.

Rachel arrugó al frente un poco más.

–¿Quieres que me comporte como si fuera tu amante?

–Estoy seguro de que podrás convencer a todo el mundo –dijo él–. Después de todo, ya lo has hecho antes, ¿no?

Ella apretó los labios, llena de rabia.

–¿Tienes idea de cuánto te odio por hacerme esto?

–Es lo que te mereces, princesita malcriada.

Rachel salió de la piscina y se envolvió en una toalla.

–Esperas que diga que sí, ¿verdad?

–Espero que lo pienses bien antes de echar por tierra tu única salvación –afirmó él–. Por el momento, he conseguido mantener a la prensa en la ignorancia sobre mi enfermedad. Me doy cuenta de que no podré seguir haciéndolo mucho más tiempo, si no consigo recuperar movilidad durante las próximas semanas. Ya puedo dar unos pocos pasos sin ayuda. Espero poder andar con muletas dentro de un par de días. Eso sería más fácil de explicar en mis apariciones en público. Podría achacarlo a un esguince o algo así. Tú has leído y firmado el contrato. ¿Tengo que recordarte las consecuencias de no cumplir con el acuerdo de confidenciales?

–¿Tan mal piensas de mí como para creerme capaz de eso?

–Tendré preparado otro contrato para que lo firmes esta noche –señaló él.

–¿Y si no lo firmo?

Alessandro sonrió con desprecio.

–Lo firmarás, Rachel.

–Tu confianza es admirable, pero no estoy en venta –repuso ella con una mirada heladora–. Buscaré otras opciones antes de caer tan bajo.

–Lo firmarás porque no te queda elección. A menos que quieras tener que mendigar por las calles.

–¿No olvidas algo? No puedo aparecer en público contigo si no tengo ropa adecuada.

–No te preocupes, querida –dijo él–. Me aseguraré de que te entreguen tu equipaje hoy mismo.

–¿Y si no es así?

–Entonces, te compraré ropa nueva.

–No quiero deberte más de lo que te debo ya –repuso ella, resentida.

–Fuiste tú quien vino a mí, Rachel –le recordó él–. Ahora estás aquí y... ¿quién sabe? Incluso puede que acabemos siendo amigos.

–Tienes una forma muy extraña de reclutar amigos –le espetó ella.

Alessandro la observó mientras se alejaba envuelta en la toalla. El deseo latió con fuerza en sus venas, llenándolo de una necesidad difícil de vencer. La deseaba más de lo que había deseado a ninguna mujer. Y más que hacía cinco años. Un infierno ardía en su interior. Día y noche, sólo podía pensar en ella. Quería sumergirse en su cuerpo, demostrarle todo lo que se había perdido, la pasión y la química que había entre ellos. Si ella quería más dinero a cambio, se lo daría. Estaba dispuesto a renunciar a parte de su fortuna con tal de saciarse de ella.

Aun así, la dejaría marchar cuando todo terminara.

Rachel se metió en la ducha, abriendo el grifo al máximo, loca de furia. ¿Lo había planeado todo Alessandro desde el principio? Claro que sí. La había hecho ir allí para demostrarle su poder y someterla. Era un maestro de la venganza. No podía haberlo planeado mejor. Él sabía que ella no podía negarse. A menos que estuviera dispuesta a perderlo todo, incluido lo que Caitlyn había invertido en la empresa. ¿Cómo iba a poder enfrentarse a sus empleados y decirles que tenían que quedarse en la calle? No podía hacerlo. Alessandro lo sabía. Y se estaba aprovechando de ello para humillarla.

Apenas había salido de la ducha, Alessandro la llamó por el teléfono. Al fin habían encontrado su equipaje y lo había llevado a la casa. Se maravilló al darse cuenta cómo una simple llamada de él podía conseguir lo que ella no había conseguido llamando sin parar a la compañía de autobuses. Era otro recordatorio de lo poderoso que era. Y podía utilizar su poder para hacerla pedazos, si lo deseaba.

—Tengo trabajo que hacer, así que no quiero ser molestado hasta la comida, que quiero esté servida a la una —ordenó él—. Espero que puedas encontrar algo en lo que entretenerte.

—Estoy segura de que habrá algo a lo que sacar brillo por aquí —replicó ella de mal humor.

—Lucia volverá mañana por la mañana, así que tus obligaciones de ama de llaves terminarán esta noche —señaló él—. Le he dicho que te vas a quedar hasta finales de este mes.

—Todavía no he dicho que lo haría.

Él la ignoró y siguió hablando.

—Lucia también sabe que nuestra relación no es como las que suelo tener con otras mujeres.

—¿Qué? ¿Quieres decir que no sueles chantajear a todas para que se sometan a tus deseos? —replicó ella.

—No he tenido que recurrir a esos medios hasta ahora —comentó él—. La mayoría de las mujeres se contentan con el placer de compartir un tiempo determinado conmigo.

—¿Cómo puedes determinar de antemano el tiempo que quieres pasar con una persona? —preguntó ella con incredulidad–. ¿Lo marcas en un calendario para no excederte un par de días? ¿Cuando llega el día echas a la amante del momento y haces pasar a la siguiente?

–No temas que eso pase con nosotros, Rachel. No nos excederemos ni un par de días. Estarás de vuelta en Australia a primeros del mes que viene. Te lo garantizo.

Alessandro colgó de forma abrupta. Irritada, Rachel pensó que todos los detalles de su comportamiento servían para recordarle que no era más que una criada para él. Era parte de su plan de venganza por algo que ella había hecho en el pasado. Si pudiera cambiarlo, si pudiera dar marcha atrás, habría actuado de forma diferente, pensó. Y, dejando el teléfono en la mesa, su mente voló a aquel día de su veintiún cumpleaños...

La mansión había estado llena de invitados para el gran evento. Rachel se había vestido con esmero y había estado dándose los últimos retoques al maquillaje, cuando su padre había entrado a verla.

–Rachel, quiero hablar contigo –había pedido su padre con aspecto de estar incómodo.

–Claro –había contestado ella, dejando el pintalabios.

Él se había tirado del cuello de la camisa, como si lo hubiera estado estrangulando.

–Cariño, tengo que pedirte un favor. Un favor muy grande.

–Si quieres que baile con ese tipo, Albert, el de tu empresa, olvídalo –había repuesto ella y había tomado el pintalabios de nuevo–. No soporto que me toque.

–Craig me ha pedido tu mano.

Rachel había mirado a su padre.

–¿No debería habérmelo preguntado a mí primero?

–Supongo que no le pareció necesario –había señalado su padre–. Los dos sabíais que acabaríais casándoos. Tu madre y yo hablamos de ello cuando erais niños. Sus padres, Kate y Bill, también lo desean. Ahora es el momento adecuado para hacerlo público.

Rachel se había llevado la mano al colgante de su madre, que su padre le había dado esa mañana. A su madre, también se lo habían dado en su veintiún cumpleaños. Y lo había llevado hasta el día de su muerte.

–Papá, hay algo que quería decirte...

–Craig ha invertido en mi negocio –le había interrumpido su padre–. Va a llegar muy alto, Rachel. Podrá ocuparse de ti. Tiene conexiones en el mundo de la moda. Serás famosa gracias a él. Podrás viajar a París, Londres, Nueva York.

–Pero yo no lo amo –había contestado Rachel–. Cuando era más joven, pensaba que sí, pero ahora sé que no.

–¿Crees que yo amaba a tu madre? –había replicado su padre, apretando los labios–. No me malinterpretes. Ella era una mujer apropiada para mí. Hay mujeres con las que uno se acuesta y mujeres con las que uno se casa. Lo mismo pasa contigo. Puedes tener todas las aventuras que quieras, pero debes escoger un marido apropiado. Alguien de tu clase social. Así funcionan las cosas.

–Pero yo no estoy preparada para casarme todavía –había protestado ella–. Necesito más tiempo para decidirme.

Su padre había fruncido el ceño con preocupación.

–¿Qué es eso de decidirte? Craig siempre ha sido el hombre para ti.

Rachel había tragado saliva.

–Acabo de empezar a salir con alguien...

–¿Quién? –había preguntado su padre, irritado.

–Alessandro.

–¿El jardinero? –había inquirido su padre, rojo de furia.

–No es sólo un jardinero. Está estudiando Empresariales. Sólo sigue trabajando aquí para pagarse la universidad.

–Es carne de cañón –había afirmado su padre, indignado–. Es un bastardo, un don nadie. ¡No tiene ni un centavo!

–Me trata como a una princesa –había replicado ella–. Me trata con respeto, a pesar de que yo lo he tratado muy mal en el pasado. Estoy empezando a conocerlo y creo que es uno de los hombres más...

–¿Eres tonta o qué? –le había interrumpido su padre con tono de burla–. Te está utilizando, Rachel, y eres demasiado estúpida como para darte cuenta. Estando contigo, puede ascender en la escala social. Si fueras una chica de los barrios bajos, ni se molestaría en mirarte.

Rachel se había quedado mirando a su padre con la boca abierta. ¿Sería verdad? ¿La estaría utilizando Alessandro? Sólo habían salido durante unas semanas. Ella había insistido en mantener su relación en secreto, pero él había querido hacerla pública, afirmando que no se avergonzaba de ella...

–Te arrastrará a la mala vida de la que procede –había advertido su padre–. Te lo aviso, Rachel. Si no aceptas la propuesta de matrimonio de Craig, no quiero saber nada más de ti. ¿Me oyes?

Rachel había mirado a su padre conmocionada.

–Enviaré a Craig arriba en cuanto llegue –había proseguido su padre–. Quiero que bajéis juntos como una pareja de prometidos. Es tu oportunidad de hacer algo por mí, de hacerme sentir orgulloso. Hasta ahora, no has hecho nada de lo que me pueda enorgullecer. Pero esto lo cambiará todo. Seré el padre más satisfecho del mundo si te veo casada con Craig Hughson.

Con el corazón encogido, Rachel lo había visto salir de la habitación. Pocos minutos después, alguien había llamado a su puerta y, cuando había abierto, se había encontrado de frente con Alessandro.

–¿Cómo has entrado? –había preguntado ella–. Mi padre tiene un equipo de seguridad para impedir que entre nadie.

–Conozco a uno de los guardias –había respondido él con una sonrisa desarmadora.

Ella había cerrado la puerta y se había apoyado en la pared, evitando mirar a Alessandro.

–No puedes estar aquí, Alessandro –había dicho ella–. Esta noche, no.

–Quería verte en tu cumpleaños. Hay algo que quiero preguntarte.

Ella había mirado la pequeña cajita que él sostenía en la mano.

–No puedo aceptarlo –había señalado ella.

Alessandro se había acercado y, tomándole una mano con suavidad, le había puesto la cajita dentro.

–Rachel, sé que sólo llevamos saliendo unas semanas, pero nos conocemos desde hace mucho.

Rachel había tragado saliva al contemplar su mirada llena de sinceridad.

–No sigas –había rogado ella.

–Te amo –había continuado él, sonriendo–. Creo que me enamoré de ti el primer día que entré aquí y me insultaste, metiéndote con mis ropas o mi pelo. Te quiero y quiero casarme contigo. ¿Quieres hacerme el honor de ser mi mujer?

Ella había intentado articular palabra, sin conseguirlo.

–Alessandro, yo...

Entonces, alguien había llamado a la puerta y, antes de que Rachel hubiera tenido tiempo de abrir, Craig Hughson había entrado, como si tuviera todo el derecho a hacerlo.

–¿Qué está haciendo éste aquí? –había preguntado Craig, mirando a Alessandro.

Rachel no había sido capaz de mirar al hombre que acababa de pedirle matrimonio, aunque había sentido la intensidad de sus ojos sobre ella.

–Ya se iba... Sólo quería desearme feliz cumpleaños.

–Bueno, puedes felicitarnos ya que estás, Vallini –había dicho Craig, rodeando a Rachel con un brazo.

Alessandro se había puesto serio de golpe.

–¿Felicitaros por qué?

–Rachel y yo vamos a casarnos –había afirmado Craig con una sonrisa impertinente–. Ahora mismo íbamos a bajar para anunciarlo, ¿verdad, tesoro?

–¿Es verdad eso? –había preguntado Alessandro a Rachel, lanzándole dardos con la mirada.

Rachel había querido negarlo. Había pensando en su padre, esperándola abajo con todos los invitados, todas las familias ricas de Melbourne y todos los amigos de la casa. ¿Cómo podría bajar y decir que no quería casarse con Craig? Su padre había sido su única familia. ¿Cómo podía arriesgarse a perderlo para apostar por una relación que apenas estaba empezando? No había estado segura de amar a Alessandro. ¿Y si lo único que él había querido había sido ascender en la escala social, como su padre le había advertido?

–¿Es verdad? –había repetido Alessandro.

Rachel se había parapetado detrás de la máscara que solía utilizar para ocultar sus sentimientos.

–Sí, es verdad –había reconocido ella y, dedicándole una sonrisa forzada a Craig, se había agarrado a su brazo–. Vamos a casarnos.

Alessandro no había dicho ni una palabra. No había hecho falta. Su rabia había sido palpable. Le había dedicado una mirada de máximo desprecio a Rachel y había salido de la habitación dando un portazo.

Rachel parpadeó, intentando dejar atrás sus recuerdos. No quería pensar en lo cobarde que había sido. No quería pensar en los dos años que había pasado con Craig, en cómo él la había engañado, había pedido préstamos en su nombre, falsificando su firma, y había dejado su reputación por los suelos. Tampoco quería pensar en la vida que podía haber tenido con Alessandro. Él la odiaba y estaba en todo su derecho.

La casa estaba en completo silencio. Rachel estaba acostumbrada a estar rodeada de gente y de ruido. Era muy liberador poder estar a solas con sus pensamientos y su energía creativa. Empezó a imaginar nuevos diseños, elegantes, sofisticados e inspirados en el exótico entorno. Sacó el cuaderno de notas y dibujó algunos, plasmando la esencia de lo que quería producir en su próxima colección. No paró hasta que el estómago comenzó a rugirle de hambre y la sed la hizo reaccionar.

Después de preparar la comida y de poner la mesa en la terraza, fue a buscar a Alessandro. No lo encontró en su despacho ni en el salón. La piscina estaba vacía también.

Rachel pasó por delante de una habitación que había en el piso de abajo, en la que nunca había entrado.

Abrió la puerta sin llamar. De un vistazo, vio que se trataba de un gimnasio. Luego, posó los ojos en Alessandro, que estaba trabajando en una máquina de ejercicios, con gotas de sudor cayéndole por la frente. Todos sus músculos estaban en tensión.

De pronto, él giró la cabeza hacia ella.

–¡Fuera! ¡Sal de aquí!

–Lo siento... –balbuceó ella, encogida–. Pensé que querías comer a la una...

–No tengo hambre. Vete –rugió él.

Rachel tragó saliva, posando los ojos en la maquinaria que había a su alrededor. Ella siempre había admirado su cuerpo esculpido. De todos los hombres que había conocido, Alessandro había sido el más perfecto. Todavía no había olvidado sus caricias...

–Te he dicho que te vayas, Rachel –repitió él, apretando la mandíbula.

–Eso que haces parece muy difícil –comentó ella, no dejándose intimidar, a pesar de que le temblaban las piernas.

–Lo es y prefiero no tener público –replicó él con fiereza.

Ella se acercó hasta una máquina con pesas.

–¿Para qué sirve esto?

–Es para mantener fuerte la parte superior del cuerpo –contestó él con un suspiro.

–¿Y esto? –preguntó, tocando otra.

Alessandro maldijo en voz baja en italiano. Por alguna razón, ella no pudo evitar imaginárselo susurrándole palabras de amor en italiano mientras la llenaba con su cuerpo, masculino y hermoso. Al darse cuenta de lo rápido que la llevaban sus pensamientos, se sonrojó.

–Nunca había visto a nadie ponerse colorado y acalorado sólo de ver el equipo de gimnasia.

Rachel se dio media vuelta para mirar otra máquina, intentando ocultar el remolino de sentimientos de su interior. Tomó las pesas más pequeñas y las levantó un par de veces.

—Nunca me han gustado mucho los gimnasios. Algunas amigas mías son asiduas. Se ponen de mal humor si no pueden ir. Es una especie de adicción.

—Hay cosas peores a las que engancharse.

Ella dejó las pesas y lo miró a los ojos de nuevo.

—Sí, supongo que sí.

Él la estaba contemplando con una mezcla de enfado y curiosidad.

—¿Y qué haces para mantenerte en forma? ¿Ejercicio con tus amantes?

Rachel sintió cómo se sonrojaba de nuevo.

—Te he dicho que he estado demasiado ocupada como para eso. No he salido con nadie durante un tiempo. Desde que rompí mi compromiso.

Alessandro la miró sorprendido durante un instante.

—No creo que seas una virgen inocente —señaló él con sarcasmo—. Siempre querías llamar la atención masculina. No te importaba de quién, mientras se fijaran en ti. Yo caí en tus redes y supongo que, desde entonces, muchos otros habrán caído.

—Nunca vas a dejar ese tema, ¿verdad?

La expresión de Alessandro era calmada, fría.

—Supongo que te refieres a mi estúpida propuesta de matrimonio.

A Rachel se le encogió el corazón.

—Yo no esperaba que...

—¿Qué? —le interrumpió él con tono salvaje—. ¿Que te confesara mi amor?

Ella se mordió el labio inferior.

—Me sorprendió, eso es todo. No pensaba que la

gente pudiera enamorarse tan rápido y, menos, los hombres.

–Yo no te amaba –repuso él con desprecio–. Despertabas mi lascivia, como la de todos los hombres que había a tu alrededor. Hay mujeres con las que uno se casa y otras que despiertan el deseo de los hombres. Tú eres de la segunda clase.

Rachel no pudo disimular sus emociones. ¿La había amado alguien alguna vez de verdad? ¿Era cierto que Alessandro sólo la había deseado y nunca la había visto como realmente era? Una profunda y vieja herida se reabrió en su interior. Las palabras de su padre acerca de que no había amado a su madre la habían estado persiguiendo durante años. ¿Cómo podían ser los hombres tan fríos y calculadores con el amor?

–¿Entonces por qué querías casarte conmigo? –preguntó ella tras un breve y tenso silencio.

Él lo dijo todo con su mirada.

–Eras mi billete al éxito. Casarme contigo me habría hecho ascender al instante y me habría permitido acceder a estratos sociales que antes me habían sido vedados.

Ella se esforzó en ocultar el daño que le estaban haciendo sus palabras. Alessandro no era el único hombre que la había usado sin ninguna piedad como un medio para sus fines.

–Pero lo conseguiste sin mí –dijo ella, pensando en voz alta–. No me necesitabas para lograr el éxito.

Él sonrió con satisfacción y amargura al mismo tiempo.

–Sí, lo hice sin ti, Rachel.

–¿Y por qué quieres que esté aquí? –preguntó ella, humedeciéndose los labios.

–¿Tú por qué crees?

Rachel inspiró temblorosa, sin saber cómo responder. Se sentía como si el mundo se hubiera puesto cabeza abajo y no supiera cómo arreglarlo.

–Es tu venganza, ¿no?

–¿Cómo podría vengarme de ti? –replicó él con una sonrisa velada–. Eres guapa, tienes talento y estás en el camino al éxito.

–Siempre que haga lo que tú ordenes –puntualizó ella con resentimiento.

–Eso depende de ti. Yo no te obligo a nada. Estoy dispuesto a financiarte siempre que representes el papel de mi amante.

–¿Qué quieres que haga?

–Sólo sé tú misma –respondió él y, agarrándose a la barandilla de la máquina en la que estaba, comenzó a ejercitar las piernas.

Ella frunció el ceño, observándolo. Alessandro sudaba y parecía que le costaba un mundo mover cada pierna. Tenía tensos los músculos de los brazos, esforzándose por mantenerse erguido. Y la mandíbula apretada de esfuerzo y determinación.

–¿Estás seguro de que no deberías ir más despacio? –sugirió ella–. ¿No sería mejor que fueras más poco a poco?

Él levantó la vista con gesto sarcástico.

–No necesito tus consejos, Rachel. Tengo un equipo de terapeutas a mi servicio. Y sigo un programa de ejercicios diario. Por favor, déjame solo. No te quiero aquí.

Rachel dio un paso atrás y, sin esperárselo, se tropezó con una máquina de gimnasia que había detrás. Acabó cayendo patas arriba.

Alessandro maldijo de nuevo, en esa ocasión, en inglés, y se acercó a ella, agarrándose a las máquinas para no caerse.

–¿Estás bien? –preguntó él, ayudándola a levantarse con su fuerte brazo.

Ninguno de los dos estaba en muy buena situación de sujetarse. Los brazos de él eran fuertes, pero sus piernas, no. Y a ella se le derritieron los miembros en cuanto la tocó. Se le convirtieron en gelatina y parecían negarse a obedecer las órdenes de su cerebro.

Tras un momento, Alessandro se cayó sobre ella. Quedaron uno encima del otro, muslo con muslo, pelvis con pelvis.

Durante una milésima de segundo, sus miradas se entrelazaron. Sus cuerpos pegados podían haberlos avergonzado, pero no fue así...

Capítulo 5

RACHEL miró la boca de Alessandro, la misma que hacía cinco años la había besado, enviando relámpagos de placer por todo su cuerpo. El corazón se le aceleró a toda velocidad y se preguntó si él podría notarlo. Él tenía los labios un poco secos, el superior un poco más fino que el inferior. Los de ella, sin embargo, eran carnosos por igual y estaban suaves, después de habérselos estado cuidando durante años con bálsamo y carmín. Sin poder evitarlo, recordó lo que había sentido cuando la aspereza de él se había rozado con su suavidad.

Y, en un instante, Alessandro hizo el mismo movimiento, cubriéndole la boca con sus labios en un beso apasionado y erótico. Ella sintió la fuerza de su erección, pegada a los muslos, mientras las hormonas se le arremolinaban en cada poro del cuerpo.

El deseo iba incendiando a Rachel con cada movimiento de la lengua de él. Dejándose llevar por el instinto, arqueó la columna para sentirlo entre las piernas. Era un poco vergonzoso el modo en que se estaba rindiendo a él, pero no podía evitarlo. Había despertado una parte de ella que llevaba mucho tiempo dormida y, una vez liberada, no podía controlarla. Se agarró a él con ansiedad, clavándole las uñas en los glúteos, presionándolo contra su cuerpo.

Alessandro intensificó el beso, caliente y profundo,

hundiendo la lengua en su boca y dejándola sin aliento. Ella se estremeció al sentir sus dientes en el labio inferior e hizo lo mismo, capturándole el labio, mordisqueándoselo y chupándoselo hasta que él soltó un hondo gemido.

Alessandro apartó los labios y la miró con una expresión indescifrable. Su respiración era tan jadeante como la de ella.

–Eres la misma de siempre, Rachel.

Ella sintió el aguijón del resentimiento.

–¿Qué quieres decir con eso?

Él posó la mirada en sus labios hinchados y en sus ojos.

–No estás contenta hasta que no tienes a un hombre bajo tu control, ¿verdad? Te divierte ver cómo todos caen bajo la tentación de tu cuerpo.

–Apártate de mí –ordenó ella, apretando los dientes.

–No es eso lo que parecías querer hace un par de minutos –repuso él con una sonrisa burlona–. De hecho, me pedías lo contrario.

–Bueno, pues he cambiado de idea –le espetó ella y se zafó de sus brazos.

Alessandro se incorporó sobre un hombro, mientras Rachel intentaba colocarse el pelo y las ropas. Le dio la espalda, furiosa porque le hubiera hecho sentir como una prostituta barata... cuando había sido él quien la había besado. ¿O no? Prefería no pensarlo mucho. Sus bocas habían estado demasiado pegadas. Tal vez, había sido ella quien había comenzado a acercarse. O los dos lo habían hecho al mismo tiempo.

En cualquier caso, no debía haber dejado que su beso la afectara tanto, se dijo Rachel. No debía haberse rendido al deseo con tanta facilidad. Todavía sentía un cosquilleo en la piel, los pechos hinchados, los pezones erectos y una delatora humedad entre las piernas. ¿Cómo era capaz Alessandro de provocar ese efecto en ella? Se convertía en una mujer desesperada cada vez que estaba cerca de él. A pesar de los años que habían pasado, eso no había cambiado.

–Es así como piensas manejarme, ¿no? –preguntó él–. Quieres más dinero y ésta es la única manera que conoces para conseguirlo.

Rachel se negó a mirarlo.

–Crees que me tienes atada de pies y manos, pero puedo irme cuando quiera. Conozco a un par de personas más que también podrían ayudarme.

Hubo un silencio.

–He estado investigando un poco sobre tu compañía.

Rachel se giró para mirarlo.

–No juegues conmigo, Alessandro.

–Me temo que no podrías encontrar a nadie más que te ayudara –aseguró él.

–Porque te has ocupado de decirle a todo el mundo que no deben invertir en mí –le espetó ella.

–Yo no he hecho tal cosa, Rachel. Tendrás que creerme. Sin embargo, estoy tratando de averiguar quién lo hizo.

Rachel no lo creyó ni por un segundo. Claro que había sido él quien había hablado mal de ella a los inversores.

–La razón por la que quiero que seas mi amante a los ojos de los demás es que creo que eres perfecta para el papel –explicó él–. No creo que te impliques emocionalmente durante nuestro trato. No quiero complicaciones.

–Bueno, en eso no te equivocas –señaló ella, irritada–. Te aseguro de que no hay ningún peligro tampoco de que sienta nada por ti.

–Sigo siendo de clase demasiado baja para tu gusto, ¿no, princesa? –preguntó él con una sardónica sonrisa.

–Eres un cerdo, frío y calculador.

–Y tú eres una provocadora que piensa que puede conseguirlo todo a cambio de su cuerpo –replicó él lleno de furia.

Rachel mantuvo la compostura. Su batalla verbal le daba una extraña fuerza. Él siempre había sido complaciente con ella en el pasado. Aquel choque frontal le estaba resultando una experiencia energizante.

–No tienes ni idea de quién soy, Alessandro.

–Aunque la mona se vista de seda, mona se queda –repuso él–. He conocido a muchas como tú desde que me fui de Australia. Las mujeres así sólo quieren conseguir sus fines y usan a las personas como instrumentos.

–¡Pero yo no hago esto sólo por mí! –exclamó ella–. Lo hago por mi amiga.

Él le dedicó una mirada llena de cinismo.

–Estás intentando salvar tu empresa, no a tu amiga. Quieres demostrarle a tu padre que puedes lograrlo sola. Quieres su aprobación. Y te aterroriza perder tu empresa porque el éxito es el único modo que tienes de demostrarle que no eres sólo una cara bonita.

Rachel tragó saliva. Le dolían sus palabras, no porque fueran falsas, sino porque tenían mucho de verdad. Toda la vida había estado intentando complacer a su padre, ser la clase de hija del que pudiera estar orgulloso, pero no lo había logrado nunca. Sin embargo, no era cierto que su preocupación por Caitlyn no fuera genuina. Caitlyn la había ayudado mucho cuando las cosas se habían puesto feas con Craig y ella nunca olvidaría su apoyo y su amistad.

–Tienes que darte cuenta, Rachel, de que nunca complacerás a tu padre –continuó Alessandro–. No importa si tu marca de moda llega a ser la más famosa del mundo. Él no estaría orgulloso de ti aun así porque es un narcisista. Sólo le interesa su propio éxito.

–No necesito la aprobación de mi padre. Lo que pasa es que quiero hacerme mi propio camino. Tengo talento, sé que lo tengo. Sólo necesito un empujoncito –afirmó ella.

–Con mi ayuda, podrás lograr lo que quieras. ¿Hay trato?

Rachel lo miró con desconfianza.

–Sólo tengo que representar el papel de amante.

–Eso es.

–¿No tengo que dormir contigo?

–No, a menos que tú quieras –contestó él con ojos brillantes.

Rachel se sonrojó.

–¿Y qué sacas tú con eso?

–Ya me ocuparé de sacar algo –afirmó él–. Seré tu socio y compartiremos los beneficios de tu empresa.

–Suena demasiado bien para ser verdad.

–No vas a encontrar otra oferta como la mía, Rachel –advirtió él–. Es mejor que la aceptes y la aproveches.

–No puedo negarme.

–Serías una tonta si te negaras. De todos modos, necesito analizar cómo funciona tu empresa. Si quiero hacer algunos cambios, tendrás que dar tu aprobación.

–Supongo que no me queda otra elección.

–Ya he concertado una entrevista para ti con uno de los principales proveedores de telas del mercado –indicó él–. Estará aquí mañana.

–¿No debería yo ir a verlo a él? –preguntó ella, frunciendo el ceño.

–Por el momento, estoy dirigiendo todos mis negocios desde aquí –dijo él–. Ahora, por favor, vete mientras hago mis ejercicios.

Rachel se acercó a la puerta, pero se detuvo para mirarlo.

–¿Saben tus empleados que has estado enfermo?

–No, y así quiero que siga –repuso él con mirada de acero.

–Pero igual tardas meses en recuperarte. Diriges una gran corporación. ¿No crees que la gente empezará a preguntarte qué pasa si no asistes a las reuniones?

–Lo bueno de ser el jefe de una gran corporación es que yo elijo a qué reuniones voy y dónde –contestó él, tomando una toalla–. Y tengo un equipo directivo muy eficiente que se está ocupando de todo en mi ausencia. Pero no planeo seguir fuera de juego durante mucho más tiempo. De hecho, tengo una reunión importante la semana que viene en París. Me gustaría que me acompañaras. Estaremos fuera toda la semana. Será tu primera gran actuación en público.

Rachel trató de imaginarse una semana en París con él, fingiendo ser su amante.

–Oí rumores de tu última amante, la modelo de cosmética. Es muy guapa. ¿Sabe ella lo de tu enfermedad?

Alessandro tiró la toalla a un lado.

–Tengo que seguir con mis ejercicios, Rachel. ¿No tienes nada que hacer?

–¿Quién rompió? ¿Ella o tú? –insistió Rachel.

–Si no sales de aquí, te juro que cambiaré las condiciones de nuestro trato ahora mismo –le espetó él.

–Ya sabes que no puedo compartir contigo ningún beneficio hasta que mi empresa esté en el mercado –replicó ella.

–No estaba hablando de dinero –aclaró él con una oscura y brillante mirada.

Rachel sintió un cosquilleo en la piel y la boca se le quedó seca. El aire se llenó de tensión. Se humedeció los labios, saboreando donde él había estado hacía unos minutos. Su esencia era tan característica... sabía a menta y a frescor y a hombre. ¿Cómo sabría su cuerpo, su abdomen... y más abajo? ¿Qué sentiría al saborear su erección?

–Rachel.

–¿S-sí?

Nerviosa, Rachel rezó porque él no pudiera adivinar el rumbo de sus pensamientos. Quería ocultarle lo que sentía a toda costa. ¿Cómo podía desear a un hombre que sólo quería vengarse de ella? ¿Cómo podía querer besarlo?

–Vete –ordenó él con voz áspera–. Tengo cosas que hacer.

Rachel posó los ojos en la silla de ruedas, que no estaba lejos de él.

–Puedo ayudarte, si quieres –se ofreció ella, dando un paso al frente para acercarle la silla.

–Maldición, te he dicho que te vayas –rugió él–. ¡Sal de aquí de una vez!

Rachel soltó la silla de ruedas con el corazón encogido.

–Lo siento... –balbuceó ella, titubeante–. Sólo quería ayudar...

–No necesito tu ayuda –le espetó él, atravesándola con la mirada–. Puedo hacerlo solo. No necesito que nadie me ayude.

Rachel salió del gimnasio y cerró la puerta tras ella con suavidad. Tomó aliento, temblorosa, sin estar segura de cómo iba a poder manejarse con un hombre tan orgulloso. Pero, en esa ocasión, su rabia y su amargura no eran contra ella, sino por la situación en que se encontraba. Alessandro no soportaba sentirse vulnerable.

Odiaba tener que confiar en los demás para hacer cosas cotidianas. Su interés en que ella actuara como su amante era una prueba más de que pretendía mostrarle al mundo que nada había cambiado. Y a ella no le hacía muy feliz formar parte de ese plan, aunque no se le ocurría una alternativa. Tendría que aceptar y vivir con las consecuencias.

Alessandro soltó un largo y entrecortado suspiro cuando Rachel se hubo ido. Ella lo había sorprendido en su momento más vulnerable y la odiaba por eso. Le dolían los músculos, pero no tanto como le ardía el cuerpo en deseos de poseerla. Besarla había sido una locura. Al notar cómo ella lo había correspondido, todo su autocontrol se había esfumado en un instante. Ella tenía el sensual poder de humillarlo como nadie más en el mundo. ¿Habría disfrutado viéndolo luchar por recuperar la movilidad? ¿Había sido por eso por lo que no había querido salir del gimnasio, para reírse de él? ¿Cómo podía confiar en ella después de lo que le había hecho en el pasado? Hacía cinco años, no había sido capaz de imaginarse que Rachel lo rechazaría. Eso era lo que más le había torturado: no haber podido predecir el juego que ella se había traído entre manos.

Alessandro se agarró a la barandilla con determinación. No iba a dejar que ella volviera a reírse de él. Pondría a salvo su corazón y se relacionaría con ella sólo en lo físico. Así, cuando terminara el plazo, podría olvidarla de una vez por todas.

Sentada delante de la ventana, Rachel mordisqueaba la punta del lápiz, contemplando las vistas del jardín.

Era un lugar muy inspirador, mucho más hermoso que cualquier hotel de los que había conocido. Ya había dibujado varios diseños para vestidos de noches que reflejaban el glamour europeo de aquella casa. Podía imaginarse fiestas de otro siglo en aquel lugar, con los invitados riendo en el jardín, el champán fluyendo, un cuarteto de cuerdas, unas cuantas parejas bailando... Era el escenario perfecto para enamorarse.

Dejando el lápiz sobre la mesa, se enderezó en su asiento. Ella no podía enamorarse y, menos, de Alessandro. Él no parecía capaz de abrir su corazón a tales sentimientos. ¿Sería ella la culpable? ¿Tanto daño le habían hecho su inmadurez y su egoísmo? Si así era, ¿qué podía hacer para reparar el destrozo causado?

Capítulo 6

RACHEL estaba terminando de poner la mesa en el comedor cuando oyó el ascensor. Contuvo el aliento un momento, poseída por un familiar cosquilleo.

Se apartó de la mesa y se colocó el pelo con mano un poco temblorosa. Se había puesto un vestido diseñado por ella misma, largo y con cuentas de cristal cosidas a la parte superior. No estaba segura de por qué se había arreglado tanto. La ocasión no era muy indicada, pero la magnificencia de la casa y su atmósfera la habían inspirado para ello.

Alessandro apareció en la puerta, sosteniéndose sobre unas muletas.

—¡Caminas! —exclamó ella sorprendida.

—Podríamos llamarlo así.

—Es maravilloso —dijo ella—. Todo tu esfuerzo está viéndose recompensado.

—Sí —afirmó él y se quedó en silencio un momento—. Estás muy guapa esta noche.

Ella se sonrojó ante el cumplido y bajó la mirada.

—Gracias.

—Pero me pregunto si debería comer lo que me has preparado.

Rachel lo miró confundida.

—¿Por qué dices eso?

—He sido un poco brusco contigo antes. Como consecuencia, igual has decidido ponerme veneno en la comida.

Rachel le sostuvo la mirada.

–Lo único que tengo para envenenarte es mi lengua.

Él sonrió y, al verlo, a ella le dio un vuelco el estómago, recordándole que era todo menos inmune a sus encantos.

–Entonces, tendré que mantenerme alejado de tu lengua, ¿no?

–Así es –repuso ella, sin apartar la mirada, aunque la voz le salió más ronca y suave de lo que le hubiera gustado.

Alessandro se acercó a la mesa, haciendo un gran esfuerzo, con sus muletas. Ella se contuvo para no ofrecerle ayuda.

–Gracias –dijo él cuando se hubo sentado.

–¿Por qué?

–Por no tratarme como un inválido.

–Pero no eres un inválido. Ya has hecho un progreso increíble en el poco tiempo que llevo aquí. Creo que no tardarás mucho en recuperarte del todo.

Hubo un pequeño silencio.

–¿Qué tal te fue anoche? –preguntó ella.

–¿Qué tal me fue con qué?

–¿Qué tal llegaste ayer a la mesa sin ayuda? –preguntó ella–. No vi aquí ni la silla ni las muletas.

–Puedo caminar distancias cortas usando los muebles como apoyo –explicó él–. Dejé la silla fuera hasta que te hubiste ido.

–¿Por qué no me contaste antes lo que te pasaba?

Él la observó un largo instante.

–Quería asegurarme de que te ibas a quedar por el dinero, no por lástima.

Rachel frunció el ceño.

—¿Prefieres que me quede por el dinero en vez de por lástima?

—Sabía que podía contar con tu apego al dinero.

Ella se sentó con el ceño fruncido. Alessandro pensaba muy mal de ella, pero se lo merecía. ¿Cómo podía redimirse? Necesitaba el dinero. Por eso, no podía rechazar su oferta, aunque deseara hacerlo por orgullo.

Él la contempló con expresión indescifrable.

—Ese vestido que llevas, ¿es uno de tus diseños?

—Es un poco viejo —repuso ella—. Me lo hice una tarde cuando no tenía nada mejor que hacer.

—¿Entonces coses, además de diseñar?

—Sí, claro. Así empecé, haciendo mis propias creaciones. De vez en cuando, en una fiesta o en la calle, la gente me paraba para preguntarme dónde había comprado la ropa. Decidí que tenía futuro y me metí en la escuela de diseño. Allí conocí a mi amiga Caitlyn. Decidimos unir fuerzas. Pero siento que la he decepcionado... —confesó ella y se mordió el labio—. Ella ha invertido mucho dinero en la empresa, más que yo. A mí me quedaba muy poco... bueno, no te aburriré con los detalles, pero mi situación económica dejaba mucho que desear cuando lo dejé con Craig. Ningún banco quería prestarme dinero.

Alessandro seguía observándola con expresión inescrutable, escondiendo sus pensamientos.

—Voy a servir el primer plato...

—¿Y qué has decidido?

Rachel miró el documento que había dejado sobre la mesa.

—Creo que ya sabes que no me queda más elección que aceptar tus condiciones.

—Míralo así: tu relación conmigo será la más corta que has tenido hasta ahora, menos de un mes —indicó él, tendiéndole los papeles y un bolígrafo.

Rachel apretó los labios y leyó el contrato. Era muy parecido al anterior. Tenía que firmar una cláusula de confidencialidad y otra diciendo que no recibiría más compensación que la financiación de su empresa y una cantidad generosa por cada día que pasara con él. Era tan frío y calculado... Ella odiaba tener que firmar, pero sus empleados y Caitlyn eran más importantes. Así que estampó su nombre con un suspiro de resignación.

–Serviré el vino –señaló él y dejó los papeles a un lado.

Cuando ella regresó con los entremeses, los vasos de vino estaban llenos y la tensión se había disipado. Se sentó enfrente de Alessandro y se esforzó por comportarse como si aquello fuera una cena normal entre dos personas que habían decidido pasar un tiempo juntas.

–Este sitio es precioso, Alessandro. Es muy inspirador –comentó ella–. Esta mañana, los jardines me han inspirado unos cuantos diseños.

–Me alegro de que te guste –repuso él–. Háblame de los diseños que has estado haciendo. ¿Qué es lo que te ha inspirado en concreto?

Rachel suspiró y tomó el vaso de vino, intentando poner en orden sus pensamientos.

–No lo sé... es el ambiente que hay aquí, supongo. No conozco la historia del lugar, pero parece una especie de villa que, en el pasado, fue el epicentro de reuniones sociales, fiestas, ese tipo de cosas. Me imagino a las mujeres de entonces vestidas con elegantes atuendos y a los hombres con frac. Los jardines son espectaculares. Las flores se huelen desde mi dormitorio. Sería un lugar excelente para una boda... –contó ella y, de pronto, se interrumpió y bajó la mirada. ¿En qué diablos estaba pensando para hablar de bodas?, se reprendió a sí misma.

–¿Has diseñado alguna vez un vestido de novia?

Ella dejó el vaso y lo miró.

–Sí, me han encargado un par de ellos y fue genial.
A Caitlyn y a mí nos gustaría dedicar una sección de la
empresa a los trajes de novia, pero para eso necesitamos
dinero.

–¿Echas de menos tu carrera de modelo? –preguntó
Alessandro tras un breve silencio.

–Sí y no –admitió ella–. Algunas cosas eran mara-
villosas. Me gustaban las ropas y la emoción del mundo
del espectáculo. Aunque no me gustaba la batalla por
estar siempre a la última moda y la competitividad entre
las chicas. A mí me costaba diferenciar lo que era falso
de lo verdadero. Prefiero trabajar al otro lado de la pa-
sarela, la verdad.

–Supongo que es una ventaja para ti conocer ambos
lados del trabajo –comentó él–. Conoces cómo funciona
el sistema, por decirlo de alguna manera.

–¿Lo mismo te pasa a ti? –inquirió ella–. Provienes
de unos orígenes humildes y has llegado muy lejos...

–Tuve mucha suerte, pero también he trabajado mucho –afirmó él–. No quería perderme ninguna oportunidad. Comprendí cómo funcionaban las cosas desde
abajo y aproveché todas las oportunidades que se me
pusieron por delante. No soy distinto de cualquier otro
hombre de negocios que haya partido de cero. No es necesario nacer rico para tener éxito.

Ella agarró el vaso para tener algo que hacer con las
manos.

–Siempre he querido explicarte lo de esa noche... la
noche de mi compromiso...

–Olvídalo –replicó él–. Aunque hubieras sentido
algo por mí, tu padre habría prohibido cualquier relación entre nosotros. Te habría amenazado con deshere-
darte.

–Si te hubiera amado, no habría dejado que la opinión de mi padre se interpusiera –aseguró ella–. El amor vale más que el dinero.

Alessandro hizo una mueca burlona.

–¿Así que a pesar de haber roto tu compromiso tienes la cabeza llena de nociones románticas?

–Creo en el amor –confesó ella–. Creo que es posible encontrar la plenitud en una relación. Creo que necesita esfuerzo, pero que es posible tener una vida larga y feliz junto a la persona amada, creciendo y cambiando juntos.

–¿Entonces planeas casarte y tener hijos algún día?

Rachel jugueteó con el borde de su vaso.

–Sí, me gustaría –confesó ella–. No le veo sentido a trabajar tanto si no se tiene a alguien con quien compartirlo. No me gusta la soledad.

Hubo un breve silencio.

–¿Y tú? –preguntó Rachel–. ¿Te imaginas formar tu propia familia algún día?

Él sirvió ambos vasos y dejó la botella de vino sobre la mesa antes de responder.

–No tengo planes para un futuro cercano –admitió él e hizo una mueca–. Las relaciones me resultan difíciles. No se me da bien el compromiso a largo plazo. Sin duda, es porque no tuve ningún modelo de niño, ni un fuerte sentido de la familia. La relación más larga que he tenido duró seis semanas. Las dos últimas fueron horribles, para ella y para mí. No terminamos como amigos.

–¿La amabas?

–No.

–¿Y ella a ti?

–A ella le gustaba el estilo de vida que yo podía ofrecerle. Les pasa a todas las mujeres que conozco. Pero ni todo el oro del mundo puede equipararse a la verdadera intimidad entre dos personas.

—No estoy de acuerdo en que todas las mujeres sean así —repuso ella—. ¿Te crees que somos todas unas avariciosas que sólo se preocupan por las joyas y el dinero? Creo que has estado saliendo con las mujeres equivocadas. Tienes que salir más y frecuentar otros círculos.

Él sonrió sin ganas.

—Tal vez, antes de que te vayas, podrías presentarme a alguien apropiado, alguien que me haga cambiar de idea. ¿Se te ocurre quién?

Rachel sintió un cosquilleo entre las piernas. Cada vez que él la miraba de esa manera, todas sus defensas se desvanecían. Era un hombre muy atractivo cuando se ponía en plan seductor. Para colmo, ella no podía olvidar el beso que se habían dado en el gimnasio, ni lo duro que había estado el cuerpo de él sobre el suyo...

—Estoy segura de que puedes encontrar pareja tú solo —indicó ella—. A mí no se me da bien hacer de celestina. Yo misma no he sabido elegir a los hombres de mi vida.

—Creo que en eso nos parecemos —observó él con una media sonrisa—. Dos personas desafortunadas en el amor —añadió y levantó el vaso—. Brindemos. Por encontrar lo que buscamos.

Rachel le dio un trago a su vino, preguntándose qué estaría buscando Alessandro. Para empezar, no se podía negar que había una fuerte atracción sexual entre los dos. La tensión vibraba en el ambiente cuando estaban juntos. Y ella podía sentirlo en ese momento, cuando la miraba con sus intensos ojos azules, embrujándola.

Cuanto más tiempo pasaba con él, más minadas sentía Rachel sus defensas. Tal vez, él había sido quien había caído bajo su hechizo en el pasado pero, en esa ocasión, era ella quien lo deseaba con todas sus fuerzas.

Nunca se había considerado una persona demasiado sensual y su experiencia con Craig había reforzado esa creencia. Con sus críticas, Craig le había hecho pensar que no era digna de amor. El sexo había sido un mero trámite físico entre ellos. Sin embargo, Alessandro le hacía sentirse sensual y viva. El deseo que la invadía era fuerte y caliente.

De todos modos, tendría que controlarse, si quería salir de aquello con el corazón intacto. Él no estaba interesado en nada más que una relación temporal. La había contratado por un tiempo limitado y ella no debía olvidarlo. Aquello era sólo una transacción, una relación de negocios. Y sería una tonta si se enamorara de él. Era demasiado tarde. Había perdido su oportunidad hacía cinco años. ¿Por qué no se había dado cuenta entonces?

Rachel lo miró y se le encogió el corazón. Había perdido su oportunidad con él. Y no había marcha atrás.

Era demasiado tarde, se repitió a sí misma.

–¿Estás bien? –preguntó él.

–Sólo estaba pensando en lo distintas que habrían sido las cosas si hubiera tenido más tiempo para estar contigo hace cinco años.

Alessandro la observó con intensidad un momento.

–Nos conocíamos desde hacía tiempo. Yo había estado tres años trabajando para tu padre.

–Lo sé, pero yo apenas había empezado a conocerte cuando empezamos a salir –repuso ella–. Creo que también había empezado a conocerme a mí misma...

–Eras joven y estabas acostumbrada a cierto tren de vida –señaló él con una fugaz sonrisa–. No habría funcionado.

Rachel se preguntó si sería cierto. ¿Tan importante era el estilo de vida de su familia? Hasta la realeza se casaba con gente común y era feliz. Alessandro tenía cualidades que ella no había encontrado en ningún otro hombre. Sospechaba que su infancia difícil le había dado una sabiduría que alguien de un entorno privilegiado nunca podría tener.

Cuando terminaron de comer, Rachel iba a levantarse, pero Alessandro le agarró la mano. Sus ojos se encontraron, la mirada de él estaba llena de pasión.

–Gracias por hacer la cena –dijo él–. Siento no poder ayudarte a recoger.

–No pasa nada –repuso ella con voz ronca–. Haré café y lo serviré en el salón, ¿te parece?

–Me parece perfecto –contestó él, soltándole la mano–. Nos vemos allí dentro de unos minutos. Tengo que hacer una llamada.

Cuando Rachel entró en el salón poco tiempo después, Alessandro estaba sentado en uno de los sofás de cuero con las piernas estiradas delante de él. Tenía las muletas apoyadas en la pared. Dejó el móvil a un lado y señaló el sitio que había junto a él.

–Ven –invitó Alessandro–. No voy a morderte.

Rachel se acercó y se sentó a su lado, con cuidado de no pegarse demasiado. A pesar de ello, podía sentir el calor de su cuerpo, su aroma afrutado a loción para después del afeitado. Había sido un error sentarse con él. Lo supo en cuanto la miró. Estaba segura de que sus pensamientos eran cristalinos como el agua.

Alessandro posó un dedo en la sien de ella, para tocarle un mechón de cabello y colocárselo hacia atrás.

–Es como la seda –comentó él–. Tu pelo es como pura seda.

–Es muy fino y no puedo controlarlo. A veces, me dan ganas de cortármelo.

Él la agarró con suavidad de la nuca, haciéndola estremecer.

—No lo hagas.

Rachel se humedeció los labios con la punta de la lengua, ansiosa por probar la boca de él. Alessandro inclinó la cabeza. Y, llevada por un impulso, ella levantó la mano y le acarició el labio con la punta del dedo.

—Deberías usar cacao labial cuando te vas a la cama por la noche —susurró ella.

Alessandro la miró con ojos brillantes.

—¿Es lo que haces tú para tener los labios tan suaves? —preguntó él, tocándole el labio inferior con el pulgar.

—Yo... a veces... me olvido —balbuceó ella y tragó saliva, mientras sus bocas se acercaban.

—Supongo que se convierte en un hábito si te acostumbras a hacerlo —comentó él con voz ronca.

—Sí... se convierte en parte del ritual nocturno —repuso ella, hipnotizada por su boca y por el calor de su aliento.

—Como lavarte los dientes —añadió él, acariciándole los labios.

—Sí...

Alessandro le tomó la cara entre las manos.

—He estado pensando. Si queremos convencer a los demás de que nuestra relación es real, deberíamos practicar un poco.

—¿Practicar?

—Sí, a besarnos, a tocarnos... todas las cosas que las parejas hacen en público.

—Pero yo pensé... —balbuceó ella, frunciendo el ceño.

Él la silenció, posando los pulgares en sus labios.

—No pienses, querida. Sólo siente lo que hay entre nosotros. Siente la química. Siente la electricidad. Y el calor.

Rachel sentía el calor sin problemas. Lo sentía en los dedos de él, en sus propios pechos, en sus pezones, en su piel que deseaba ser tocada. Lo sentía en su parte más íntima, entre las piernas, que latía con un pulso vibrante y húmedo.

Cuando ella le besó los dedos, a Alessandro se le incendiaron las pupilas y, tomando aliento, se sumergió en su boca.

Fue un beso erótico y apasionado. Rachel se abandonó a las sensuales sensaciones que la invadían. Se derritió cuando él la empujó contra el respaldo del sofá, colocándose sobre ella. Sintió su erección, tentándola, excitándola. Era una sensación abrumadora, irresistible. Ella levantó la pelvis, invitándolo, deseando ser tocada, ansiosa por tenerlo dentro de ella.

Alessandro se meció sobre ella, haciéndole comprender cuánto había subestimado la química que latía entre los dos. Era como un fuego imparable. Y sólo hacía falta que estuvieran en la misma habitación para que se encendiera.

Rachel podía sentirlo en ese momento, en todas las partes del cuerpo, sobre todo, cuando él entrelazó su lengua con la de ella. Notó la tensión de sus músculos, su deseo innegable. Estaba desesperada por dejarse llenar por él, por dejarse poseer.

–No debí haber empezado esto –dijo Alessandro, apartándose. Se apoyó en los codos, contemplándola.

Rachel no quería parar. Quería que siguiera. Quería que él la llevara al paraíso que nunca había conocido. No quería pensar en por qué estaban ahí y cuáles serían las consecuencias. No quería recordar que él estaba motivado por la venganza. Lo único que quería tener en la cabeza era lo mucho que los dos se deseaban. Porque él la deseaba, por mucho que pretendiera negarlo. Ella estaba segura. Podía sentirlo. Sus cuerpos estaban ardiendo en un infierno que era imposible de apagar.

–Te deseo –dijo ella, agarrándose a él–. Creo que siempre te he deseado.

Él le apartó las manos del pecho.

–No, Rachel.

–Pero tú también me deseas. Sé que es así. ¿No irás a negarlo?

–No, claro que no.

–¿Entonces... por qué?

Alessandro se apartó y se pasó la mano por el pelo. Tenía la mandíbula tensa.

–¿Alessandro?

–Déjalo, Rachel.

–¿Es por algo que he hecho?

–No, no es nada.

–¿Es por tu enfermedad? –preguntó ella de nuevo con suavidad–. ¿Te preocupa que...?

–He dicho que lo dejes –le espetó él, frunciendo el ceño.

–Lo siento.

Él suspiró y su mandíbula se relajó un poco.

–No te disculpes. Sólo llevas aquí un par de días. Por ahora, me gustaría que nos limitáramos a conocernos. Para empezar, háblame de tu negocio, he invertido en él mucho dinero.

–No hay mucho que contar.

–Estoy seguro de que te subestimas –replicó él–. Por ejemplo, no sabía que supieras cocinar. ¿Qué otros talentos escondidos tienes?

–No son talentos. Son más bien intereses –contestó ella.

–¿Como por ejemplo?

–Me gusta ir a exposiciones y museos –afirmó ella–.

Una vez me pasé todo el día en el museo Victoria y Albert de Londres.

—¿Cuándo has ido a Londres?

—Hace un par de años, después de que mi padre lo perdiera todo. Quería escapar por un tiempo.

—¿Cuánto tiempo?

—Dos meses —explicó ella—. También, fui a París. Me pasaba los días caminando por la ciudad. Es tan hermosa...

—Puede ser muy solitaria, también —comentó él—. Es mejor visitar París acompañado.

—Seguro que tú has ido allí muchas veces con tus amantes.

—Conozco París muy bien —contestó él con media sonrisa—. Me encantará ir contigo la semana que viene.

Rachel intentó no pensar en todas las mujeres guapas con las que él habría viajado por Europa. Seguro que no se había negado a acostarse con ellas como acababa de hacer en ese momento. Todas sus dudas e inseguridades despertaron de nuevo. Craig la había humillado muchas veces diciéndole que no valía nada. Tal vez, era lo mismo que sentía Alessandro hacia ella. O, quizá, fuera por su enfermedad. En cualquier caso, estaba avergonzada por haber admitido lo mucho que lo deseaba. Se sentía tan vulnerable...

—¿No se te ocurrió visitarme en Italia durante tu viaje? —preguntó él.

—Lo pensé. Había oído que habías conquistado el éxito aquí. Pero no creí que quisieras verme después de lo que te había hecho.

—¿Piensas que debería haberte perdonado ya, Rachel?

—Creo que estar amargado no es bueno para nadie a la larga. Me arrepiento de muchas cosas del pasado

–confesó ella–. Pero prefiero pensar que me han servido para aprender de mis errores.

Él le sostuvo la mirada un largo instante.

–Supongo que las dos semanas y media siguientes se demostrará si es cierto, ¿no crees?

–Quiero arreglar las cosas, Alessandro. De verdad.

Él no respondió de inmediato. Se levantó del sofá y tomó las muletas.

–Buenas noches, Rachel. Te veré por la mañana.

Rachel se puso en pie, sintiendo un nudo en la garganta. Estaba rechazándola de nuevo, demostrándole que ya no era el hombre enamorado del pasado. La había besado, pero no le había costado nada apartarse cuando el cuerpo de ella seguía vibrando de deseo.

–Buenas noches –contestó ella con voz ronca.

Capítulo 7

CUANDO Rachel bajó a la mañana siguiente, Lucia estaba trabajando en la cocina. Levantó la vista de lo que estaba haciendo y sonrió.

—El señor Vallini me ha dicho que te vas a quedar todo el mes. Me alegro. Es bueno para él tener compañía. Necesita distraerse del trabajo. No me extraña que se haya enfermado, trabaja demasiado. Debe divertirse un poco también.

—Tiene mucha energía —comentó Rachel.

—¿Lo conocías de antes?

—Sí, ¿te lo ha dicho él?

—No hace falta que me lo diga. No estoy ciega. Veo cómo saltan las chispas entre vosotros.

—Él me odia —dijo Rachel, encogiéndose—. Estuvimos saliendo un tiempo hace cinco años, pero yo lo dejé para casarme con otro hombre.

—Ah, ahora lo entiendo.

—No ha pasado un solo día en que no haya lamentado lo que hice —reconoció Rachel—. Era demasiado joven para darme cuenta de lo que estaba tirando por la borda. Si hubiéramos tenido más tiempo, las cosas podrían haber sido muy diferentes.

—Te perdonará cuando llegue el momento —adivinó Lucia—. Es un hombre apasionado. Tiene sangre italiana. Y es orgulloso. Muy orgulloso.

–¿Es ése su café? –preguntó Rachel, señalando a la bandeja que el ama de llaves estaba preparando.

–Sí –contestó Lucia, entregándosela–. Está en el despacho.

Rachel llamó con los nudillos a la puerta del despacho.

–Adelante.

Cuando entró, Alessandro levantó la vista del ordenador.

–¿Dónde está Lucia?

–He decidido echarle una mano –repuso Rachel–. ¿Dónde dejo esto?

Alessandro indicó a la mesita que había junto a la ventana con vistas al jardín.

–Déjalo ahí –dijo él y volvió a posar la atención en el ordenador.

Rachel hizo lo que le decía y se acercó a él por detrás.

–¿En qué estás trabajando?

–¿No tienes nada que hacer? –preguntó él a su vez, irritado.

Ella no se dejó amedrantar.

–¿Por qué estás tan irritable esta mañana? ¿Te has levantado con el pie izquierdo o qué?

Él la miró a los ojos con intensidad. La misma tensión sexual de la noche anterior bullía en el ambiente. Casi sin darse cuenta, Rachel alargó la mano y le rozó la mandíbula. Le acarició con la punta del dedo hasta la boca, tocándole los labios y contuvo la respiración, viendo cómo a él se le oscurecía cada vez más la mirada.

–¿Qué crees que estás haciendo? –preguntó Alessandro con voz ronca.

–No estoy segura... –respondió ella y se sonrojó, dejando caer la mano.

Alessandro se la capturó y se la llevó de nuevo a los

labios, contemplando cómo los ojos verdes de ella se llenaban de deseo. Le complacía que ella lo deseara. Era parte del plan: hacerle querer más y, luego, dejarla igual que ella le había hecho a él. Llevaba años soñando con hacer el amor con ella. Había soñado con su piel de seda, con el movimiento de sus labios, con su lengua... El beso de la noche anterior casi le había hecho perder el control. Y quería besarla de nuevo. Quería tocarla y acariciarla hasta que ella no recordara ningún otro contacto, ninguna otra caricia. La deseaba con una fuerza que nacía en lo más profundo de sí mismo, una fuerza que no podía extinguir. Ardía en su interior y lo consumía. Pero no estaba seguro de poder confiar en su cuerpo todavía. ¿Qué pasaría si no podía estar a la altura? Sería lo más humillante para él.

Alessandro no le soltó la mano, sino que se la apoyó sobre el muslo, mientras le rodeaba la cintura con un brazo y la acercaba a la pantalla.

–Estoy trabajando en un nuevo proyecto en Florencia –explicó él–. Es un viejo hotel.

–Tiene buena pinta –observó ella–. Y parece que está en un buen sitio.

–Sí, la localización es lo más importante, claro.

Él podía oler su perfume y el aroma de su cabello. Podía sentir el calor de su mano sobre el muslo, haciéndole arder la piel. Era emocionante notar cómo su cuerpo parecía cobrar vida de nuevo. Tal vez, sus temores fueran infundados. Se sentía más vivo que nunca... Buscando una manera de aparcar sus pensamientos, le mostró en el ordenador otras fotos de propiedades que había adquirido.

–Ésta es de Madrid y ésta, de Sicilia.

–La decoración es preciosa –comentó ella–. ¿Tienes un equipo de diseñadores de interior?

–Sí, tengo un equipo muy bueno –contestó él–. Pero parte del trabajo lo hago yo.

–Trabajas mucho –observó ella.

–Es la única manera de triunfar.

Ella se miró la mano que tenía apoyada en la pierna de él.

–Alessandro...

Alessandro se giró en la silla, de forma que Rachel quedó entre sus muslos, atrapada. Él sintió cómo se le tensaban los músculos de las piernas. ¿Sería su presencia lo que había despertado sus nervios dormidos? Durante semanas, se había esforzado haciendo ejercicios y, en sólo dos días, ella había conseguido revivir su cuerpo de una manera inimaginable. Ardía de deseo por ella. Quería sumergirse en ella... Sin embargo, aunque ansiaba la cercanía física, no pensaba implicarse emocionalmente. Tenía que recordar que Rachel seguía siendo una cazafortunas. Era su única defensa de ella.

–¿Qué es lo que quieres, Rachel? –preguntó él–. ¿Más dinero? ¿Por eso te me estás poniendo en bandeja? ¿Quieres ver crecer tus arcas un poco más, ahora que sabes lo rico que soy?

Ella abrió los ojos como platos, ofendida, e intentó zafarse de él, pero Alessandro la sujetó.

–¿Por qué siempre malinterpretas mis motivos? No me estoy ofreciendo a ti. Pensé... no sé qué pensé. Anoche, cuando me besaste...

–Crees que me deseas –adivinó Alessandro–. Pero es el dinero lo que deseas en realidad.

Ella se sonrojó, de pasión y de furia, sus ojos casi soltaban chispas.

–¿Crees que me acostaría contigo sólo porque eres rico y poderoso? ¿Crees que soy de esa clase de mujeres?

–Sé muy bien la clase de mujer que eres. Quieres triunfar. Si tienes que acostarte con alguien para conseguirlo, lo harás.

–¿Es eso lo que has hecho tú, Alessandro? –le espetó ella, apretando los labios–. ¿Te has acostado con un puñado de mujeres ricas para llegar adonde estás hoy?

–¡Silencio! –gritó él, poniéndose en pie furioso.

Rachel dio un paso atrás y se chocó con el borde de la mesa. Se encogió de dolor y estuvo a punto de perder el equilibrio. Alessandro alargó el brazo para sujetarla y, para ello, tuvo que soltarse de la mesa donde se estaba agarrando.

Todo pasó demasiado rápido, cada instante congelándose en el cerebro de Rachel como en una película a cámara lenta. Notó cómo las fuertes manos de Alessandro la sujetaban. Sin embargo, las piernas de él no lo sostuvieron del todo y cayó.

Pero, en vez de caer sobre ella, ladeó el cuerpo en el último momento y le acolchó la caída. Rachel se cayó encima de él, con el pelo en la cara, soltando un grito.

–¿Estás bien? –preguntó él, jadeante.

–S-sí... ¿Y tú? –preguntó ella, incorporándose sobre los brazos para mirarlo.

–Estoy bien –aseguró él y respiró hondo–. Siento no haber podido impedir que te cayeras.

–No ha sido culpa tuya.

–Me olvidé de mis piernas –dijo él con una mueca–. Cada día están más fuertes, pero no lo bastante como para hacer movimientos repentinos.

–Debe de ser muy frustrante para ti –comentó Rachel, sin poder moverse de su lado. Se sentía pegada a él como las limaduras de hierro a un imán. Podía notar su delicioso y sensual cuerpo masculino debajo de ella, su fragancia.

—Es muy frustrante —afirmó él, mirándole la boca.

Rachel se humedeció los labios. Hizo amago de levantarse, pero Alessandro la sujetó y la apretó contra él. A continuación, le recorrió la columna con la mano, hasta la nuca. Una oleada de placer la invadió, provocándole escalofríos cuando él le apartó el pelo de la nuca.

—Quédate aquí —pidió él con voz profunda.

Rachel se encogió de deseo. Aquello era una locura. Ella no era la clase de chica que sucumbía a la lujuria de esa manera, pero su cuerpo no parecía querer otra cosa. Necesitaba con desesperación ser poseída por Alessandro.

—Por favor, créeme, esto no tiene nada que ver con el dinero —susurró ella—. Nunca me había sentido así antes.

Él la miró durante un instante interminable, estudiando su rostro al detalle.

—Siempre he soñado con que llegara este momento.

—¿De verdad? —preguntó ella, sorprendida.

—Con tenerte así, notar tu cuerpo, tu pulso...

—¿Puedes notarme el pulso?

Alessandro le puso una mano en el pecho, donde el corazón le latía acelerado.

—Puedo notarlo, sí —afirmó él y, despacio, extendió la mano, acariciándole el pecho, sin dejar de mirarla a los ojos.

Rachel se rindió a su caricia, ardiendo de deseo. Tenía los pezones erectos y ansiaba que él le quitara las ropas y la devorara. Pero él no lo hizo.

Alessandro la incorporó con sumo cuidado, como si fuera algo precioso y frágil. Ella lo miró a los ojos.

—Nunca he deseado a nadie como te deseo a ti —admitió él—. Pero necesito saber si la atracción es mutua y asegurarme de que no me estás vendiendo tu cuerpo para salvar tu empresa.

Ella lo miró a los ojos.

—Tienes que comprender que no vendería mi cuerpo, a ningún precio. Lo hice una vez y siempre lo he lamentado. No sabes cuánto. Si te deseo, no es por tu dinero, sino porque me gustas. Quiero sentirte dentro de mí. Quiero disfrutar del sexo. Es algo que no he hecho nunca.

—¿Hughson no te satisfacía?

—Odiaba acostarme con él —dijo ella, bajando la mirada—. Era una obligación. Él me criticaba, pero yo no podía evitar recordar tus besos y compararlos con los suyos y...

—¿Y qué? —quiso saber él, mirándola a los ojos.

—Y me preguntaba lo que sentiría al acostarme contigo —explicó ella—. Me preguntaba si habría tomado la misma decisión si me hubiera acostado contigo.

—¿Entonces no te habías acostado con Hughson antes de anunciar vuestro compromiso?

—No. Sólo nos habíamos besado cuando yo era adolescente. Y, antes de eso, había tenido una aventura pasajera con un chico de mi clase, pero eso es algo que prefiero olvidar.

Alessandro comenzó a acariciarle el rostro con ternura.

—Así que, si hacemos el amor ahora, sería como tu primera vez —adivinó él.

—Supongo que sí —repuso ella con una tímida sonrisa.

—Rachel, existe la posibilidad de que nuestra primera vez no esté a la altura de tus expectativas —advirtió él, mirándola a los ojos.

Rachel se sintió invadida por la duda.

—Puedo aprender —dijo ella—. Sé que tengo que relajarme, todo el mundo dice que el sexo depende de la mente, no tanto del cuerpo. Tú puedes enseñarme. Me siento cómoda y a salvo contigo. Eso es bueno, ¿no?

Alessandro tomó sus mejillas entre las manos, rozándole el labio inferior con el pulgar.

—No estaba hablando de ti, cariño —dijo él e hizo una pausa—. Lo que me preocupa son mis capacidades.

Ella lo miró con lágrimas en los ojos.

—No importa. Estar contigo es suficiente para mí. Sólo quiero estar entre tus brazos.

Alessandro no estaba acostumbrado a que le contrajera el corazón de esa manera. Había esperado que ella se riera, que se burlara de él. No había esperado su compasión. Lo que le había contado sobre su historia sexual con Hughson lo había sorprendido. Él siempre la había considerado una mujer muy sensual. Lo había sentido cada vez que la había tenido entre sus brazos. Era imperdonable que el bruto de Hughson hubiera destrozado su autoconfianza. Ella se merecía algo mucho mejor. Y él, al menos, podía devolverle su confianza en sí misma en el terreno sexual.

Rachel frunció el ceño al ver cómo se levantaba.

—¿Qué estás haciendo?

Él se levantó y le tendió una mano.

—No pienso hacerte el amor por primera vez en el suelo del despacho —dijo él—. Ahora tengo un poco más de clase.

Rachel se puso en pie, entre sus brazos.

—Siempre has tenido clase, Alessandro. Lo que pasa es que he tardado en darme cuenta.

Él sonrió y agarró la muleta.

—Me gustaría poder llevarte en brazos a mi habitación, pero no soy capaz de hacerlo todavía. Me temo que tendrás que ir andando.

Ella le dio un beso en los labios.

—¿Quedamos allí dentro de un par de minutos?

—No tardes —repuso él, recorriéndole la mejilla con el dedo.

—No tardaré —prometió ella.

Alessandro estaba en su dormitorio cuando Rachel entró. Se había puesto una bata de seda y, por timidez, se había dejado debajo la ropa interior. Él seguía con la misma ropa que había llevado antes.

—Pensé que igual cambiabas de idea —señaló él—. Si es así, no pasa nada.

—Estoy aquí por voluntad propia —repuso ella—. Nadie me ha obligado.

—Ven aquí.

Rachel se acercó con timidez.

—No tengo mucha experiencia —dijo ella—. Espero no decepcionarte.

Él le tomó la mano y se llevó a los labios.

—Deja de criticarte. Eres hermosa. Todo en ti me resulta irresistible.

Rachel lo miró a los ojos y percibió el deseo en ellos. Se emocionó al pensar que él nunca había dejado de desearla.

—¿Puedes abrazarme? Por favor.

Alessandro sonrió y la besó, primero despacio, luego en profundidad. Ella se derritió, llena de deseo. Ansiaba estar con él.

Rachel comenzó a explorar el cuerpo de él, mientras él hacía lo mismo con el suyo. Se fueron quitando las ropas, una a una, dejando la piel al descubierto, ardiente como el fuego. Ella le besó en el cuello, se deleitó con su mandíbula. Siguió bajando, le rodeó ambos pezones con la punta de lengua y le hizo cosquillas en las caderas. Riendo, él se tumbó de espaldas, llevándola consigo.

Alessandro la besó en el cuello y se detuvo en los lóbulos de sus orejas antes de bajar hacia sus clavículas. Despacio, le descubrió los pechos, quitándole el sujetador con mimo.

—Eres hermosa —susurró él con voz ronca por el deseo.

La inseguridad de Rachel desapareció ante las caricias de él. Entonces, cuando Alessandro le besó los pechos, se sintió en el paraíso. Su boca estaba caliente y, con suavidad, le mordisqueó los pezones, uno por uno. Ella sintió cómo su parte más íntima se humedecía, desesperada por sentirlo dentro. Después, él bajo hasta el ombligo, acariciándolo con la punta de la lengua. Poco a poco, fue descendiendo, acercándose a su pubis. Era un acto muy íntimo y ella nunca se había sentido cómoda cuando su antiguo prometido lo había intentado, sobre todo, porque él la había criticado por no responder como había esperado. De manera automática, se puso rígida al recordar los horribles insultos de Craig.

Alessandro le besó con suavidad en el pubis.

—¿Te parece bien que siga? —preguntó él.

—Ya te he dicho que esto no se me da muy bien... —repuso ella, mordiéndose el labio.

Él levantó la cabeza y le retiró un mechón de pelo de la cara.

—Nadie está midiendo lo que sabes hacer —aseguró él—. Dos amantes necesitan tiempo para conocerse en la cama. Lo que le gusta a una persona, no siempre le gusta a la otra.

Ella lo miró a los ojos.

—Tú tienes mucha más experiencia que yo...

–Eso es algo de lo que debas avergonzarte. Y el sexo por el sexo no es lo mismo que hacer el amor.

Rachel le acarició los labios con la punta del dedo.

–¿Y vamos a hacer el amor o se trata de sexo?

Él le besó los dedos.

–Creo que tú ya conoces la respuesta.

Alessandro la besó con pasión y ternura, haciendo que ella se derritiera, desesperada por sentirlo en su interior. Sin embargo, él siguió besándola sin prisa, acariciándole los pechos y el vientre.

–Por favor... –suplicó ella–. Te deseo mucho.

Cuando Alessandro la tocó con los dedos, una corriente eléctrica la recorrió. Rachel se apretó contra sus caricias, queriendo más y más. Enseguida, mientras le estimulaba con los dedos, ella explotó en un clímax de placer.

–Oh, cielos... Oh... –musitó ella.

–Todavía va a ser mejor, ya lo verás.

–¿Eso crees?

Rachel quería tocarlo, explorarlo igual que había hecho él. Tomó su dura erección entre las manos y disfrutó de su fuerza, de su humedad. Le sorprendió que, aun así, él hubiera sido capaz de esperar. No estaba acostumbrada a que los amantes tuvieran paciencia con ella.

–¿Lo estoy haciendo bien? –preguntó ella, mientras le recorría la erección con la mano.

–Perfecto –contestó él, jadeando–. Pero necesito ir a por un preservativo antes de seguir.

Rachel lo observó tomar un preservativo de la mesilla. Le ayudó a ponérselo, sintiéndose cada vez más segura de sí misma. Con cuidado, Alessandro se colocó encima de ella, entre sus piernas, besándola con urgencia. Se tomó su tiempo en penetrarla, despacio. No tuvo nada que ver con la primera vez que ella lo había hecho. Ni con lo que había experimentado con su ex. Era algo que no había sentido nunca. Su cuerpo florecía recorrido por decenas de sensaciones embriagadoras mientras él se movía, haciendo que el placer fuera cada vez mayor.

En esa ocasión, también, él esperó a que Rachel llegara al clímax. A continuación, ella notó cómo los espasmos de su propio orgasmo acentuaban el éxtasis de él. Acariciándole la espalda, se dio cuenta de cómo se le ponía la piel de gallina y le satisfizo pensar que él había disfrutado tanto como ella. Lo abrazó, sin querer apartarse para no romper el hechizo que los envolvía.

Alessandro sintió los dedos de ella recorriéndole la columna y tuvo la tentación de quedarse abrazado a ella para siempre. Entonces, la realidad le atravesó de golpe como un rayo. Atarse a ella durante un minuto más era impensable. Se había hecho a sí mismo una promesa y la mantendría. Su relación era cuestión de negocios. Él había hecho una inversión económica, no emocional, y así quería que siguiera.

Cuando Alessandro se apartó, Rachel notó que algo había cambiado. Parecía haberse encerrado de nuevo en sí mismo. Era un cambio tan brusco... Ella había esperado... no estaba segura de qué. Sabía que no la amaba. Nunca la había amado. Le había confesado que la había querido utilizar en el pasado para subir en la escala social. Pero, de alguna manera, al hacer el amor con él había sentido algo más que un mero intercambio físico. Y, en el fondo de su alma, había esperado que él sintiera lo mismo.

—¿Alessandro?

Él se quitó el preservativo antes de volverse a mirarla.

—Has estado estupenda, Rachel –dijo él–. No deberías dudar de tu capacidad de proporcionar placer. Cualquier hombre estaría encantado de tenerte como amante.

Cualquier hombre, menos él, asumió Rachel e intentó descifrar su expresión, sin éxito. Con el corazón encogido, se reprendió a sí misma por ser tan tonta. Para él no había sido más que sexo. Y ella no era más que una mujer con la que se había querido acostar desde hacía tiempo. Al fin, él había conseguido su propósito. Misión cumplida.

—Me alegro de que hayas disfrutado con la experiencia —dijo ella, salió de la cama y se puso la bata—. ¿Me darías un diez?

—¿Qué quieres decir con eso? —preguntó él, frunciendo el ceño.

—Creo que tú me has entendido —replicó ella—. Hemos hecho el amor, pero sin amor. Sólo ha sido un revolcón.

—No tiene sentido lo que dices, Rachel —dijo él y se apoyó en la pared para sostenerse—. ¿Por qué hablas de amor?

Rachel apretó los labios, aunque eso no impidió que le temblaran.

—Háblame, por favor —pidió él.

Ella esperó un momento para recuperar la compostura.

—Alessandro, siempre he querido explicarte por qué hice lo que hice, por qué elegí a Craig en vez de a ti.

—Sé por qué lo elegiste —repuso él con gesto sombrío—. Él tenía dinero y yo, no.

—Fue por el dinero, pero no del modo que tú crees —explicó ella—. Lo que dijiste de mi padre es cierto. Me he pasado casi toda la vida intentando complacerlo. ¿Tienes idea de lo difícil que es ser perfecta todo el tiempo? Me esforcé en ser buena hija. Hice lo que pude para destacar en el colegio, pero nunca pude equiparar las calificaciones de mi padre. La única vez que pude complacerlo fue cuando acepté casarme con Craig. Fue mi oportunidad de ser la hija perfecta. No pude negarme.

Alessandro se quedó en silencio, esperando que ella continuara.

Rachel tomó aliento y suspiró.

–Mi padre vino a verme antes que tú esa noche. Me dijo que, si no me casaba con Craig, no volvería a hablarme. Yo le conté que tú y yo estábamos saliendo. Me dijo que sólo querías utilizarme. Estaba furioso y yo tenía miedo de que me dejara sola. Él era el único pariente que me quedaba. Así que acepté. No tuve otra opción. Y me equivoqué. A veces, es mejor estar sola que tener una familia que no quiere lo mejor para ti.

–Podías habérmelo explicado esa noche. ¿Por qué no lo hiciste? –preguntó él tras un largo silencio.

Rachel se cruzó de brazos.

–Iba a hacerlo, pero apareció Craig. De todos modos, da igual. El otro día me dijiste que sólo habías querido casarte conmigo para ascender. Confirmaste todo lo que mi padre me había dicho de ti.

Alessandro se pasó la mano por el pelo.

–Nunca debí haberte dicho eso el otro día.

–¿Estás diciendo que no era cierto? –quiso saber ella, sorprendida.

–¿Qué vamos a conseguir con sacar este tema de nuevo? –replicó él, frunciendo el ceño–. Es demasiado tarde para cambiar las cosas.

–¿Me amabas entonces?

–Pensaba que sí, pero no fue un sentimiento duradero, así que debí de equivocarme...

–¿Así que fue sólo atracción sexual? –inquirió ella con el corazón encogido por la desilusión.

–Yo tenía veintiún años, Rachel. Me había pasado casi toda la vida en las calles. No sabía lo que era el amor, porque, después de que mi padre hubiera muerto, nadie me había querido. Tú estabas fuera de mi alcance y yo te deseaba. Cuando elegiste a Hughson, te odié con todas mis fuerzas. Quería mostrarte lo que te habías perdido. Por eso, trabajé y me esforcé para llegar hasta donde estoy ahora.

—Pero no eres feliz.

—Buscaba el éxito, no la felicidad —le espetó él con gesto serio—. Pocas personas tienen la suerte de tener ambas cosas.

—Yo quiero las dos cosas —dijo ella—. Pero, si tuviera que elegir, preferiría ser feliz a tener éxito.

—Qué pena que no pensaras igual hace cinco años —comentó él con mirada de amargura.

—¿Crees que nuestra relación podía haber funcionado?

—Tal vez, durante un tiempo —contestó él—. Por experiencia, me parece que todas las relaciones tienen fecha de caducidad.

—¿No será porque no estás preparado para hacer que funcionen?

—¿Qué estás insinuando, Rachel? —preguntó él con tono burlón—. ¿Quieres que lo intentemos de nuevo y veamos qué pasa? Olvídalo. Ya conoces los términos de nuestro acuerdo. Has conseguido la financiación. En menos de tres semanas, nos separaremos. Tú seguirás con tu vida y yo, con la mía.

—Una relación no es un trato de negocios.

Él le lanzó una mirada heladora.

—Ésta sí, bonita princesita, y es mejor que no lo olvides.

Capítulo 8

RACHEL no vio a Alessandro durante el resto del día. Lucia le dijo que estaba trabajando en un proyecto importante y no quería ser molestado.

–Me ha pedido que te recuerde que Rocco Gianatto vendrá esta tarde a ver lo de las telas –indicó Lucia–. Llegará en cualquier momento. Haré café y lo serviré cuando llegué.

–Gracias, Lucia –dijo Rachel–. Lo esperaré en el salón.

Lucia condujo a un elegante hombre de unos cuarenta años al salón poco tiempo después. Rachel se levantó del sofá y le estrechó la mano.

–Ha sido muy amable de venir a verme, señor Gianatto –dijo ella.

–No es nada –repuso él–. Cuando Alessandro me llamó, me contó lo de su pequeño accidente.

Rachel no estaba segura de qué decir. Alessandro solamente le había dicho que no quería que la prensa supiera lo de su enfermedad. Se preguntó si aquello sería una especie de prueba, para ver si era indiscreta a la primera oportunidad que se le presentaba.

–Sí, es una lata –comentó ella.

–Torcerse el tobillo puede ser muy molesto pero, sin duda, usted se está encargando de animarlo.

Rachel se sonrojó, pero intentó mantener la compostura.

—Aquí están mis diseños —dijo ella y abrió el portátil delante de él.

—Alessandro debe de estar muy impresionado con usted para haber invertido en su negocio —comentó Rocco Gianatto tras unos segundos—. Es un inversor muy cauteloso, pero en estos tiempos, ¿quién no lo es?

—Soy muy afortunada de contar con su apoyo.

—Sus diseños son muy buenos —observó él.

—Gracias.

El señor Gianatto sacó una carpeta con muestras de telas.

—Éstas son mis mejores telas. De la mejor calidad. Puede echarles un vistazo cuando quiera. Le dejaré mis datos de contacto y, si tiene tiempo de conocer la fábrica antes de volver a Australia, será un placer mostrársela.

—Es usted muy amable.

—Nada de eso —contestó él con una encantadora sonrisa.

Rachel estaba a punto de ofrecerle a Rocco más café, cuando Alessandro apareció en la puerta con un bastón y se acercó a ellos. Apoyándose en el bastón, le rodeó a ella la cintura con el brazo.

—Veo que ya has conocido a mi encantadora amiga —le dijo Alessandro a Rocco.

—Sí, es encantadora. No es como las demás, sin embargo —observó Rocco—. Tal vez, con ella estés un poco más de tiempo, ¿no?

—No me gusta que hablen de mí como si no estuviera presente —protestó Rachel.

Alessandro le dio un beso en la cabeza.

—Es una pequeña fierecilla, Rocco. Tal vez, me quedaré con ella un poco más que con las otras. Es muy entretenida. Creo que la echaré de menos cuando se vaya a Australia —comentó Alessandro.

–Si no tienes cuidado, me iré ahora mismo –amenazó ella.

–Sabes que no lo dices en serio –repuso él.

Rachel quiso gritar que sí lo decía en serio, pero apretó los labios. Claro que no podía irse, al menos hasta que no pudiera devolverle todo lo que le había dado. Él estaba jugando con ella, sin duda, aquélla estaba siendo su dulce venganza. ¿Cómo podía ser tan tonta para haber confiado en él? ¿Cómo podía haberle abierto su corazón y haberle contado lo de Craig? Para Alessandro, ella no era más que un juguete que manipular a su antojo.

En cuanto Rocco Gianatto se hubo ido, Rachel le lanzó una mirada a Alessandro.

–¿Cómo te atreves a tratarme como si fuera una prostituta barata?

Él se apoyó en el bastón.

–No seas tan sensible. Conoces los términos de nuestro contrato. Aceptaste actuar como mi amante en público. El hecho de que hayas elegido acostarte conmigo en privado no cambia las cosas.

Ella apretó los dientes.

–¿Cómo puedes ser tan frío? Claro que cambia las cosas.

–Estás complicando las cosas y no es necesario –opinó él.

–No me gusta que la gente crea que estoy acostándome contigo por dinero. Tienes que admitir que eso es lo que van a asumir en cuanto sepan que vas a financiar mi empresa. Sin duda, es lo que ha pensado Rocco Gianatto y me ha dado la sensación de que tú le has inducido a creerlo.

–¿Por qué te importa tanto lo que piense la gente?

–¿Y a ti por qué te importa tan poco?

–Tendrás que acostumbrarte a ello, Rachel, porque

he enviado un comunicado de prensa –indicó él–. Mañana por la mañana, todo el mundo sabrá que estás saliendo conmigo.

–Yo podría sacar mi propio comunicado.

–Podrías, pero ya sabes lo que te pasaría –amenazó él–. Leíste y firmaste el contrato.

–Ojalá no hubiera venido a verte –replicó ella, apartándose–. Eres la última persona a la que debí haber acudido. Debí haber previsto que era una mala idea.

–¿Por qué te parece una mala idea? Tienes lo que querías. Tu empresa está a salvo. Podría haberme negado a ayudarte, pero no lo hice.

Ella se giró para mirarlo.

–No lo entiendes, ¿verdad?

–¿Qué tengo que entender?

–No importa. He sido tan tonta como siempre –repuso ella, meneando la cabeza.

–No has sido tonta, querida. Me gustaría que no te denigraras todo el tiempo.

–Eres tan considerado... y, sin embargo, quieres que me vaya a finales de mes.

–Tiene que ser así, Rachel.

–¿Por qué?

–Tú vives en Australia y yo, en Italia –contestó él–. Es una de las razones.

–No quieres comprometerte, ¿verdad?

–No.

Rachel esbozó una forzada sonrisa. No quería que él supiera lo mucho que la había herido. Prefería que pensara que iba detrás de su dinero y no de su amor. Era más fácil así.

–Bueno, al menos, lo he intentado –dijo ella–. Me atrae la idea de casarme con un millonario. Quizá, podrías darme algunos contactos u organizarme una cita a ciegas cuando hayas terminado conmigo.

—Ya veremos —dijo él con gesto serio y se fue de la habitación.

Rachel suspiró. ¿Qué sentido tenía ganar una batalla, cuando estaba todo perdido?

Alessandro entró en el comedor para cenar y frunció el ceño al ver vacía la mesa. ¿Se habría ido Rachel? No lo creía, pues ella tenía demasiado que perder. Sería un suicidio financiero.

—¿Dónde está la señorita McCulloch?

—No se encuentra bien —contestó Lucia—. Se ha ido a la cama.

—¿Qué le pasa?

—Cosas de mujeres —contestó el ama de llaves.

Alessandro miró la silla vacía y se tranquilizó un poco.

—Encárgate de que no le falte de nada, ¿de acuerdo?

—Sí, señor —repuso Lucia—. Ya le he dado un analgésico y una bolsa de agua caliente.

—Gracias.

—¿Señor?

—Lucia, te pago para que cocines y mantengas la casa limpia —replicó Alessandro con rigidez—. No necesito que me des consejos sobre mi vida amorosa.

Lucia apretó los labios.

—Sí, señor.

Alessandro comió el primer plato y le dijo a Lucia que retirara el segundo sin tocarlo.

—No tengo hambre.

—¿Quiere café?

—No.

—¿Un coñac?

–No.

–¿Señor?

–¡Qué!

–Iba a subirle una infusión a la señorita.

–Vete a casa, Lucia, y tómate el resto de la noche libre. Y el día de mañana también, si quieres. Yo cuidaré de la señorita McCulloch.

Rachel estaba tumbada en la cama cuando alguien llamó a la puerta.

–Entra, Lucia.

La puerta se abrió y entró Alessandro con una taza de infusión en una mano, apoyándose en el bastón con la otra.

–Le he dado a Lucia el resto de la noche libre. ¿Cómo te encuentras?

–Bien –contestó ella, sonrojándose.

–¿Quieres galletas o tostadas?

–No, está bien así.

Él le tendió la taza y hubo un momento de silencio.

–Siento las molestias –dijo Rachel, sin mirarlo.

–No eres una molestia –aseguró él–. ¿Sueles tener periodos dolorosos?

–No siempre. Supongo que es por el estrés del viaje y todo eso.

Alessandro se sentó en el borde de la cama.

–Debes de haber estado muy preocupada durante los últimos dos años.

–No tienes ni idea –repuso ella, suspirando–. Me ha costado una fortuna intentar limpiar mi nombre en los tribunales. Craig falsificó mi firma para conseguir varios préstamos. Y yo tuve que devolverlos como pude. Intenté conseguir otro préstamo, pero nadie quería recibirme después de eso. Por eso, Caitlyn tuvo que poner la mayor parte del dinero. Ambas hemos trabajado mucho y me aterroriza perderlo todo. Este viaje a Italia era mi última esperanza.

—Pero ahora estás bien —señaló él—. Eso es lo que importa.

—Sí, gracias a ti —replicó ella y lo miró—. No sabes lo agradecida que estoy. Siento haber sido tan desagradable antes.

Alessandro sonrió y la tomó de la mano, apretándosela un poco.

—Estás perdonada.

Rachel le apretó la mano.

—Caminas mucho mejor. Es increíble.

—Tal vez sea por tu presencia aquí —dijo él con una sonrisa—. Has sido un incentivo para mí.

—Debió de ser terrible para ti perder la movilidad. Siempre has sido tan fuerte y activo...

—Sí, no nos damos cuenta de lo valiosa que es la salud hasta que la perdemos —comentó él—. Ha sido una lección para mí.

—Lucia dice que trabajas demasiado, que tienes que descansar un poco más.

Alessandro frunció el ceño.

—Lucia se olvida de cuál es su sitio algunas veces.

—Se preocupa por ti. Quiere verte feliz.

—Voy a dejarte dormir —dijo él, levantándose de la cama.

Rachel lo agarró de la mano.

—No te vayas.

—Rachel, es mejor que me vaya para que descanses un poco.

—Quiero que alguien me abrace. Nadie lo ha hecho nunca. Por favor.

Alessandro se sentó de nuevo y le apartó un mechón de pelo de la cara.

—No te has bebido la infusión.

—No la quiero. Sólo quiero estar contigo.

Él se tumbó y la abrazó.

—Me iré cuando te hayas dormido.

—No me dejes –pidió ella, apretándose contra él.

«Tengo que irme», pensó Alessandro. «Siempre me voy».

Pero, cuando se hizo de día, Alessandro seguía allí, abrazándola, sintiendo la suave caricia de su aliento en el cuello. Había estado tan hermosa, con la cara lavada y expresión de dolor, que no había sido capaz de abandonarla. Aunque tenía que hacerlo. Debía ser fuerte y no dejarse embaucar.

Con cuidado, él se apartó de sus brazos y se levantó, agarrando su bastón. Sin embargo, a pesar de su determinación, no pudo dejar de mirarla unos momentos más. Parecía tan joven e inocente dormida... Deseó poder despertarse junto a ella todas las mañanas y no sólo durante unas semanas o unos meses, sino toda la vida. ¿Sería eso lo que su padre había sentido por su madre? Él no quería sentir nada así por nadie. Eso había destruido a su padre y lo destruiría a él, si se dejaba llevar. El amor era una adicción que no se podía controlar. Lo sabía por experiencia. Era mejor saciarse de ella y separarse. Sería mejor para los dos. Rachel podría encontrar a alguien que quisiera lo mismo que ella, comprometerse, casarse y tener hijos. Sin embargo, la idea de que se quedara embarazada de otro hombre le resultó desagradable. Debía dejar de pensar en esas cosas.

Inclinándose, la besó con suavidad en los labios. Ella murmuró algo inaudible, se acurrucó en la almohada y suspiró.

Alessandro tomó el bastón y salió de la habitación, cerrando la puerta con suavidad.

Cuando Rachel bajó, Alessandro estaba en la terraza. Al verla entrar, sonrió.

—Tienes mejor aspecto.

—Me encuentro mejor.

—Había pensado que, si te apetece, podíamos salir a desayunar –invitó él–. Le he dado a Lucia el día libre y te advierto que yo no sé cocinar.

—Yo puedo preparar algo.

—No, creo que es hora de mostrarnos en público –indicó él y señaló al periódico que había sobre la mesa.

Rachel vio que había una foto suya. El titular llevaba el nombre de Alessandro y el suyo. Se imaginó lo que diría el artículo y no quiso leerlo. Sabía que la etiquetarían de cazafortunas, detrás del dinero de él.

—La prensa estará por ahí, en busca de una exclusiva –comentó él–. Haz lo que puedas para ignorarlos. Es mejor que no hables con ellos.

—No quiero salir. Prefiero quedarme aquí.

—Rachel, tenemos que salir en público antes o después –dijo él–. Puede servirte de práctica para cuando vayamos a París la semana que viene. No pasará nada.

—A mí no me gusta. No quiero que me vean como si fuera una cualquiera detrás de un hombre rico. Es humillante.

Él miró al techo con gesto de frustración.

—A veces, no te entiendo. Ayer, me dijiste que querías contactos para encontrar un marido rico. Ahora protestas porque no quieres que te vean en público conmigo. ¿O es el bastón lo que te preocupa? ¿Es por eso?

—¿Cómo puedes pensar eso de mí? –gritó ella–. ¿Cómo eres capaz?

–Sólo intento ayudarte, Rachel –repuso él–. Y ahora te estoy pidiendo que hagas algo por mí. La reunión de negocios de París es muy importante para mí. No quiero que nadie sospeche nada sobre mi enfermedad. Si nos ven en público juntos, eso me ayudará. Te toca a ti hacerme un favor. No entiendo por qué te cuesta tanto.

–¿Por qué para ti sólo son importantes los negocios?

–Porque es lo único importante –repuso él–. Puedo confiar en las cifras más que en las personas.

–¿Lo dices en serio?

–He aprendido a no confiar en las personas. Sean quienes sean, siempre acaban decepcionándome.

–No le das a nadie la oportunidad de demostrarte que te equivocas –adivinó ella–. Echas a la gente de tu vida antes de que puedas apegarte a ellos.

–¿Desde cuándo eres experta en relaciones? –preguntó él con tono burlón.

Rachel bajó la mirada, avergonzada.

–No he dicho que fuera una experta...

–Lo siento –se disculpó él con un suspiro–. Ha sido un golpe bajo.

–No pasa nada –replicó ella, intentando sonreír sin conseguirlo–. Sé que las relaciones no son mi fuerte. Supongo que es porque temo que nadie me quiera a menos que haga lo que esperan de mí. Me gustaría... Me gustaría, por una vez en la vida, ser amada por mí misma.

Alessandro la miró a los ojos un momento antes de responder.

–Vamos –dijo él, malhumorado–. Quiero terminar con esto de una vez.

Alessandro la llevó a un café con vistas al océano y a la isla de Capri. Rachel se habría preparado para ser asaltada por un ejército de prensa. Evitó la mayoría de la preguntas, dejando que él respondiera. Alessandro fue educado, pero firme, contestando sólo lo que quería e ignorando lo demás.

—Señor Vallini, háblenos de su accidente.

—Me tropecé en las escaleras —contestó él—. Tuve suerte de no romperme los dos tobillos.

—¿Es verdad que está en negociaciones con el jeque Almeed Khaled de Dubai?

—Sin comentarios.

—¿Cuánto tiempo piensa quedarse en Positano?

—Hasta septiembre —respondió Alessandro.

—Señor Vallini, ¿es verdad que estuvo saliendo con la señorita McCulloch hace cinco años? —preguntó una periodista justo cuando iban a entrar en el café.

—Sí, es cierto.

—Eso es nuevo, ¿no, señor Vallini? —insistió la periodista—. Nunca había vuelto a retomar una antigua relación. ¿Significa eso que oiremos campanas de boda pronto?

—No, significa sólo que la señorita McCulloch y yo estamos bien juntos por el momento —contestó él, frunciendo el ceño.

—Señorita McCulloch, si el señor Vallini le pidiera que se casara con él, ¿qué le diría? —preguntó la periodista.

Rachel sonrió, aunque tenía el corazón encogido.

—Le diría que sí.

Alessandro le apretó la mano, tenso.

—Si nos disculpan... —dijo él y entraron en el café.

Una vez sentados, Alessandro la miró a los ojos con intensidad.

—¿Crees que puedes manipularme para que te pida matrimonio? —inquirió él, furioso.

—No estoy haciendo eso.

–¿Entonces por qué le has dicho algo tan ridículo a esa periodista? –preguntó él con el ceño fruncido.

–Porque me pediste que actuara como una enamorada –contestó ella–. Si estuviera enamorada de ti, querría que me pidieras que me casara contigo.

–Se suponía que ibas a dejar que yo respondiera todas las preguntas.

–No me gusta que la gente hable por mí.

–Sé lo que pretendes, Rachel. Quieres un marido rico, el estilo de vida al que estabas acostumbrada y la seguridad de saber que no lo perderás una segunda vez. Pero no pienso entrar en tu juego.

–No te lo he pedido –aseguró ella–. Sólo quiero que financies mi empresa.

Alessandro apretó la mandíbula.

–Creí que estábamos empezando a confiar el uno en el otro, pero no estoy seguro de que estés siendo sincera conmigo.

Ella se apartó el pelo de la cara.

–No confías en nadie. Ése no es mi problema, sino el tuyo.

–Dos semanas y media –dijo él, apretando los dientes–. Eso es todo.

Rachel levantó la barbilla.

–Me subiré al avión tan deprisa que no tendrás tiempo ni de despedirte de mí.

–Fui un idiota al dejarte entrar en mi casa –rezongó él antes de tomar su café.

–Oh, vamos. Tú me tendiste una trampa –le acusó ella.

–¿Sigues pensando que fui yo quien saboteó tu búsqueda de financiación? –preguntó él, frunciendo el ceño.

–¿Quién si no?

—¿Quién tiene problemas para confiar ahora?

—¿Acaso quieres decir que no lo habías planeado todo? —insistió ella, señalando a su alrededor.

Alessandro negó con la cabeza.

—Apareciste en mi casa en un momento muy inoportuno, Rachel. No quería visitas. No pensaba recibirte. Pero te ganaste a Lucia y, así, lo conseguiste. Entonces, cuando recibí la invitación del jeque Almeed Khaled, decidí que los dos podíamos beneficiarnos de nuestra sociedad.

Rachel se tomó un par de minutos para digerir sus palabras. Siempre había pensado que Alessandro había planeado todo aquello, pero al parecer sólo había aprovechado la oportunidad que se había presentado ante su puerta.

—Háblame del proyecto que tienes con el jeque. ¿Por qué es tan importante?

—Si elige mi servicio de análisis financiero, será mi mayor cliente —explicó él—. Me ha invitado a pasar una semana en París para cenar juntos y charlar y eso es buena señal. Debe de estar cerca de tomar una decisión.

—¿Te ha pedido que llevaras acompañante?

—Sí. El jeque es un mujeriego. Le gustan las mujeres hermosas y siempre lleva una a su lado. Pero creo que, en este caso, lo que quiere es hacerse una idea de cómo es mi vida privada. Tendrás que comportarte bien. No quiero ningún error. Si no, tendrás que devolverme todo el dinero que te he prestado.

—¿Por qué no dejas de recordármelo? —le espetó ella, irritada.

—Sigue respetando las reglas, Rachel —ordenó él—. Es lo único que tienes que hacer.

Capítulo 9

EL HOTEL de París estaba reservado para el jeque, su séquito y sus invitados. Había guardias de seguridad en todas partes, uniformados y armados. Rachel se sintió como si entrara en otro mundo y se dio cuenta, una vez más, de lo lejos que Alessandro había llegado. Se codeaba con lo más poderosos del planeta como si tal cosa.

Por otra parte, en los últimos días en la villa de Positano, había conocido otras facetas de su personalidad. Era un hombre tranquilo que disfrutaba de tener su espacio. No le gustaba hablar por hablar. Era culto y estaba bien informado de todo lo que pasaba en el mundo. Sostenía puntos de vista fuertes y reflexivos. Tenía sentido del humor, pero no derrochaba sonrisas vanas. Siempre trataba a sus empleados con respeto y educación. Cuando un equipo de jardineros había llegado para hacer sus tareas de la semana, él había salido con ellos para hablar sobre las plantas y los arbustos, como si fuera uno más. Al verlo, ella no había podido evitar recordar con vergüenza lo mal que lo había tratado en el pasado.

Alessandro la tomó del brazo cuando se dirigían a su habitación.

–La cena será a las ocho –indicó él cuando estuvieron a solas–. ¿Te gustaría descansar un poco o prefieres otra cosa?

Rachel captó el brillo de sus ojos negros. Aunque se habían besado varias veces, no habían vuelto a hacer el amor. Ella lo echaba de menos, aunque no se había atrevido a incitarlo. Temía que, si lo volvían a hacer, se enamorara de él sin remedio.

–¿Tienes algo en mente? –preguntó ella, tratando de disfrazar sus sentimientos.

Alessandro se acercó y le hizo levantar la cara, sujetándola de la barbilla.

–¿Qué te pasa?

–Nada –contestó ella, intentando sonreír.

–Esa sonrisa no era genuina. ¿Qué pasa por esa linda cabecita tuya? Has estado muy callada todo el viaje. ¿Te ha molestado algo?

–Alessandro... –musitó ella y se mordió el labio–. No estoy segura de poder separar el sexo de mis sentimientos como haces tú.

–¿Qué dices?

Ella le miró a los ojos, pero no consiguió leer nada en ellos.

–No quiero enamorarme de ti.

–Pues no lo hagas.

–No funciona así. No puedo bloquear mis sentimientos así como así –repuso ella.

–Te dije desde el principio cuál era el trato –indicó él–. Nada de apegos emocionales. Cuando se acabe, se acabó.

–¿Y si uno de los dos no quiere que se acabe? –inquirió ella.

Alessandro se acercó a una de las ventanas con vistas al Sena.

–Tiene que acabarse.

–Yo quiero más, Alessandro –reconoció ella con el corazón encogido.

—No —negó él.

—No puedo creerme que no seas capaz de amar. No puedo.

Hacía cinco años, Alessandro hubiera dado cualquier cosa porque ella le hubiera dicho que lo amaba. Pero, en el presente, el miedo era demasiado grande.

—¿Por qué haces esto ahora? —le increpó él, agarrándola de los hombros—. Tengo la reunión más importante de mi carrera dentro de dos horas y tú me sales con esas cosas.

—Son importantes para mí.

Alessandro maldijo para sus adentros.

—Te deseo —admitió él—. Te deseo tanto que los últimos días han sido una tortura para mí. Pero es lo único que puedo darte. Tienes que aceptarlo.

—Yo también te deseo —susurró ella.

Él la besó con pasión, hambriento. La rodeó con sus brazos, apretándola con fuerza contra su erección. Rachel se excitó al comprobar lo mucho que la deseaba. Jugaron con sus bocas, lamiéndose, acariciándose, mordisqueándose. Él la llevó a la cama, mientras los dos se quitaban las ropas en una lluvia de besos.

Alessandro se metió uno de los pezones de ella en la boca nada más tumbarse y Rachel lo rodeó con sus piernas. La erección de él era dura como una piedra y ella estaba mojada y se arqueó para recibirlo. Al penetrarla con un gemido de placer, ella se estremeció, incapaz de controlar el fuego que la consumía. Sus cuerpos se movieron con frenesí, al mismo ritmo. Él la impulso al clímax con sus dedos, aplicando la presión justa para hacerla explotar con un orgasmo estremecedor.

A continuación, Rachel sintió que los músculos de él se tensaban y, tras una última arremetida, llegó al éxtasis con un aullido de placer.

Rachel se quedó tumbada entre sus brazos, sus respiraciones todavía jadeantes. Ella quería estar lo más cerca posible de él. Le encantaba sentir su contacto tan puro y masculino. Quería alargar ese instante para siempre.

–Igual he ido un poco rápido –musitó él.

Rachel le acarició la espalda con la punta de los dedos.

–Ha dido perfecto.

Él se incorporó sobre los codos, observándola con expresión indescifrable.

–Debería haber usado un preservativo –añadió él–. Supongo que tomas la píldora.

Rachel no fue capaz de decirle que se había saltado un par de tomas cuando había perdido su equipaje.

–Claro.

–Te voy a dejar que te levantes y te duches –dijo él, apartándole un mechón de pelo de la frente.

–Estoy muy cómoda aquí –repuso ella.

Alessandro se llevó uno de los dedos de ella a la boca, mirándola a los ojos. Rachel sintió un estremecimiento de deseo, viendo cómo él la lamía y la mordisqueaba el dedo, deseando poder hacerle lo mismo, pero en su parte más íntima.

Saliendo de debajo de él, Rachel le puso una mano sobre el vientre, obligándolo a tumbarse sobre la espalda.

–Quédate aquí –ordenó ella.

–No pensaba irme a ninguna parte –repuso él con una sonrisa.

Rachel nunca se había sentido tan viva y tan segura de sí misma. Le recorrió el pecho con los dedos, deteniéndose un momento en el ombligo antes de seguir bajando. Con cada uno de sus movimientos, la erección de él se endureció. Entonces, ella se la rodeó con la boca. Lo escuchó gemir y sintió cómo se le tensaba el abdomen. Aquello era muy diferente para ella de las veces que su ex le había pedido que lo complaciera. No era ni desagradable ni incómodo.

Era un acto sagrado.

Rachel inspiró su esencia, llevándolo al borde del clímax. Se apartó justo a tiempo de ver cómo se derramaba con el rostro contraído de placer.

De forma gradual, la respiración de él se relajó. Le acarició el pelo a Rachel y la contempló, como si quisiera grabarse en la mente sus rasgos. De pronto, su expresión se tornó sombría.

—Nunca había disfrutado de hacer esto antes —comentó ella, tocándole con la punta del dedo el ceño fruncido—. Todo es distinto contigo.

—Eres una mujer muy sensual. Es lo que yo siempre había pensado.

—Craig no pensaba lo mismo —confesó ella—. Me decía que era frígida. Cielos, qué palabra tan horrible.

—Tienes que olvidar lo que te pasó con ese tipo —aconsejó él—. Debes dejar de culparte por su cortedad de miras.

—Lo sé. Lo intento. Siento haber mencionado su nombre.

—No me gusta imaginarte con él —reconoció él, apretando los dientes—. No soporto pensar que te tocaba sin respeto o sin consideración.

Rachel le acarició el rostro.

—Estás celoso.

Él apretó los labios, apartando la mano de ella. Se giró y se levantó de la cama.

—Tenemos que prepararnos para cenar. Dúchate tú

primero. Yo tengo que leer otra vez la propuesta que quiero hacerle al jeque.

Rachel observó cómo se ponía la bata y agarraba el bastón. Suspirando, lo vio meterse en la zona del despacho de la suite. Él había dejado muy clara la frontera entre los negocios y el placer y ella no debía olvidarlo.

Rachel estaba dándose los últimos toques de maquillaje cuando Alessandro apareció vestido con un traje negro. Sus ojos se encontraron en el espejo y ella se estremeció al sentir cómo la miraba. Tal vez, él no la quería, pero sin duda la deseaba.

—Estás preciosa —dijo él.

Rachel se alegraba de haber llevado ese vestido negro, ajustado y largo hasta los tobillos. No tenía tirantes e iba acompañado de una delicada estola de seda. Se había recogido el pelo en un moño, con un pasador de cuentas de cristal.

—Gracias. Tú, también.

—Rachel... —dijo él, tomándola de la mano con gesto serio.

—¿Sí?

—No importa —repuso él, se llevó su mano a la boca y se la besó.

—¿Qué querías decirme?

—Quería darte las gracias por acompañarme esta semana —contestó él tras un momento.

—No tenía elección, ¿no?

—Podrías haberme mandando al diablo. Sé que no he sido una compañía muy grata estos días.

—Ninguno de los dos somos perfectos, Alessandro.

—No, tal vez, no.

—¿No es hora de bajar ya?

—Vayamos a hacer negocios —dijo él, tomándola del brazo para bajar con ella.

Después de las presentaciones de rigor, el jeque los condujo a la mesa para cenar. Alessandro observó cómo Rachel charlaba con su anfitrión sobre su trabajo como diseñadora de moda. Le hizo también preguntas educadas sobre su vida y su trabajo y el jeque le respondió encantado con ella. La cena progresó de forma animada y amena.

Justo antes de que se sirviera el café, Rachel se excusó para ir al tocador.

—Qué pareja tan encantadora tienes, Alessandro —comentó el jeque—. Es obvio que está enamorada de ti y no de tu dinero. Es algo poco común con hombres como nosotros. Me gustaría poder encontrar a una mujer tan auténtica como ella.

—Sí, es especial —repuso Alessandro con una sonrisa forzada.

—¿Vas a casarte con ella?

—No he decidido nada en firme todavía.

—Mi consejo es que lo hagas, antes que alguien te la quite —aconsejó el jeque—. París es un lugar perfecto para pedirle matrimonio.

—Lo pensaré —contestó Alessandro, nervioso. ¿Sería cierto lo que había dicho el jeque? ¿Lo amaría Rachel o sería sólo una buena actriz? Sin poder evitarlo, recordó los momentos de intimidad que habían compartido y la sangre se le agolpó en las venas. Ella había adorado su cuerpo y se había entregado como ninguna otra mujer lo había hecho antes. ¿Sería amor, lujuria o sólo agradecimiento por haber invertido en su negocio?

—Respecto al negocio que nos ocupa, ¿te parece que

quedemos mañana para ver mis informes? –sugirió el jeque–. Haré que mi secretaria concrete una hora que nos resulte adecuada a los dos. Sin duda, querrás pasar el mayor tiempo posible con Rachel, supongo.

Cuando Rachel volvió, ambos hombres se levantaron.

–Estaba comentándole a Alessandro lo encantadora que eres, Rachel. He disfrutado mucho de la velada. Ha sido un placer conocerte –dijo el jeque.

–Eres muy amable –respondió ella, sonrojándose–. Yo también estoy encantada de conocerte.

–Tal vez, podamos volver a cenar juntos cuando Alessandro y yo cerremos nuestro trato –añadió el jeque–. Espero que disfrutéis de vuestra estancia en París.

–Gracias –dijo Rachel.

El jeque se fue y Alessandro acompañó a Rachel a su suite.

–Le has causado muy buena impresión –señaló él.

–Es un hombre muy amable. Creo que su verdadero yo se esconde detrás de toda su riqueza.

–¿Por qué dices eso?

–Me ha dado la sensación de que, a pesar de su amabilidad, no deja que nadie se acerque demasiado a él.

–Es comprensible. Nunca se sabe quiénes son amigos de verdad y quiénes sólo buscan tu dinero –comentó él.

Rachel levantó la vista hacia él.

–Es una vida muy solitaria la de los poderosos, ¿no? –quiso saber Rachel.

Alessandro frunció el ceño y pulsó el piso en los botones del ascensor.

–No. Yo nunca estoy solo.

–Pero tienes que pagar por la compañía, de un modo u otro.

–¿Qué quieres decir con eso? –preguntó él, soste-
niéndole la puerta del ascensor para que saliera.

Ella pasó por delante de él, envolviéndolo en su suave
perfume y quitándose el pasador que le sujetaba el moño.

–Dímelo tú –le retó ella.

Alessandro abrió la puerta de su suite.

–Maldición, Rachel. ¿A qué estás jugando ahora?

Ella se giró y lo miró con gesto desafiante.

–Me voy a la cama. Estoy cansada de jugar a ser la
amante del millonario. Me voy a tomar la noche libre.

Alessandro la apresó entre sus brazos.

–No tan rápido, señorita.

–¿Qué vas a hacer, Alessandro? ¿Llamarás a tus abogados para que me quiten el dinero?

–Vamos. Hazlo. Vete ahora y verás lo que pasa –le
amenazó él, apretándola del brazo.

–Quieres que rompa el contrato, ¿verdad? Quieres
que demuestre que no se puede confiar en mí. Pues no
pienso irme hasta que no se acabe el plazo establecido.

–Entonces, no perdamos más tiempo discutiendo
–propuso él y la besó con ardor.

Rachel deseó tener la suficiente fuerza de voluntad
para resistirse. Pero la atracción que había estado fluyendo entre ellos toda la noche estalló como una bomba.
Notó la erección de él y su excitación, mientras le qui-
taba el vestido, besándole primero un pecho y, luego,
el otro. Ella gimió de ansiedad, rogándole que la pose-
yera.

En un momento, Rachel se quedó sólo con las braguitas de encaje y los tacones puestos. Él la recorrió con
la mirada, incendiándola todavía más.

–Quiero tenerte –rugió él con voz ronca–. Ninguna
mujer me ha excitado nunca tanto como tú.

Rachel le quitó la corbata y le desabrochó la camisa.

Con manos ansiosas, le quitó el cinturón y los pantalones, sin poder esperar a sentirlo piel con piel.

Alessandro le apartó las braguitas y, apoyándose en
la pared para mantener el equilibro, entró en su húmedo
interior. Ella gritó de placer, deleitándose con el grosor
de su erección, a punto de llegar al orgasmo en ese mismo
momento. En pocos minutos, los dos llegaron al éxtasis
juntos, temblando al unísono.

Alessandro la miró, jadeante.

—Espero no haber sido demasiado brusco.

—¿Acaso me has oído quejarme? —replicó ella, tocándole el pecho con la punta del dedo.

—Eres una amante increíble, Rachel —dijo él—. Nunca
me había sentido tan... tan...

—¿Sin palabras?

—Sí, así es. Me dejas sin aliento y sin palabras.

—Tú me haces desear más.

—Y tú a mí.

—No quiero pelear más contigo.

—Pues no peleemos —contestó él, besándola en la
frente.

—Bueno, si no vamos a pelear, ¿qué podemos hacer
el resto de la semana en París?

Alessandro la besó en el cuello, haciéndola estremecer.

—Tengo que reunirme con el jeque, pero tengo también mucho tiempo libre.

—¿Qué sueles hacer con tus amantes cuando vienes
a París? —quiso saber ella, ladeando la cabeza.

—¿Por qué diablos quieres saber eso? —replicó él,
frunciendo el ceño.

—Por curiosidad.

—¿No estarás celosa?

—No quiero hacer lo mismo ni ir a los mismos sitios

que sueles ir con las demás –afirmó ella–. No quiero que me confundas con nadie. Quiero que nunca olvides que fue conmigo con quien estuviste esta semana aquí.

–Créeme, cariño, siempre recordaré que eras tú –aseguró él y la besó.

Capítulo 10

PASARON juntos en París una semana inolvidable. Rachel sabía que siempre guardaría su recuerdo como un tesoro. Alessandro y ella dejaron atrás sus diferencias y se comportaron como una pareja normal, explorando la ciudad y sus alrededores. Él cada vez podía caminar más, aunque todavía necesitaba el bastón. Y, aunque no pudieron subir andando a la torre Eiffel ni pasarse horas recorriendo el Louvre, a ella le bastaba con poder pasar tiempo con él.

Por la noche, preferían cenar en pequeños restaurantes con sabor hogareño. Durante el día, hicieron algunas excursiones, a la abadía de San Miguel en Normandía y a los jardines de Monet en Giverny. Visitaron granjas locales, compraron frambuesas, bebieron vino y champán y probaron distintas clases de queso cada día.

E hicieron el amor con tanta pasión que Rachel se sentía cada vez más enamorada, a pesar de que el reloj no dejaba de acercarlos a sus últimas horas juntos.

Rachel no podía evitarlo. Él la hacía sentir viva y llena de energía.

Sin embargo, Alessandro no habló en ningún momento de amor.

La última mañana en París, ella se despertó primero y se quedó mirando a Alessandro. Contemplando sus atractivos y masculinos rasgos, le acarició los labios con la punta del dedo. Se preguntó por qué él no le decía esas palabras que tanto ansiaba escuchar. Necesitaba oírselo decir, hasta el punto en que se había convertido en una obsesión. Lo pensaba todo el tiempo, anticipando el momento en que él, al fin, confesaría sus sentimientos.

Alessandro abrió los ojos y sonrió.

—Estaba teniendo un sueño muy bonito.

—Cuéntamelo –pidió ella, sonriendo también.

—He soñado que estaba en la cama en un hotel parisino con la mujer más hermosa del mundo.

Ella se estremeció cuando él la abrazó.

—¿Por casualidad estabas tan enamorado de ella como ella de ti? –preguntó Rachel.

Por un instante fugaz, a él le cambió la expresión.

—Rachel, ha sido una semana de locura... pero esto no es el mundo real.

—No crees en el amor, ¿verdad? –preguntó ella con el corazón encogido–. Piensas que sólo te quiero por el dinero.

—Sé que no es por el dinero. Sé que crees que estás enamorada de mí. Estás confundiendo los sentimientos con la intimidad sexual.

—Al menos, tengo sentimientos –repuso ella con resentimiento.

Alessandro le sostuvo la mirada un momento, antes de volverse.

—Tengo que prepararme para la reunión con el jeque. Te llamaré cuando termine.

Cuando Alessandro terminó la reunión, le informó a Rachel de que había cerrado el trato. Sin embargo, no parecía contento y, según avanzaba el día, estaba cada vez más encerrado en sí mismo y más callado. También, parecía cojear más que los días anteriores y ella le sorprendió en un par de ocasiones esbozando una mueca de dolor.

—¿Va todo bien? —quiso saber Rachel cuando él dio un traspiés de camino al coche.

—Claro.

—No pareces tú mismo —comentó ella, después de que hubieron conducido un par de kilómetros—. Ayer, me hablaste durante todo el camino de vuelta al hotel. Hoy no dices nada.

—Estoy bien, Rachel —repuso él y suspiró—. Ha sido una semana muy larga. Me alegro de que termine.

¿Se alegraba de que su tiempo juntos estuviera llegando a su fin?, se preguntó Rachel. Sólo les quedaba una semana. ¿Estaría él contando los días para que se fuera? No había dicho nada sobre prolongar el plazo acordado, a pesar de que ella lo había deseado. Ansiaba que le dijera que su relación significaba mucho para él y que la amaba tanto como ella a él.

Ante el silencio de Alessandro, Rachel no pudo evitar seguir insistiendo.

—Yo también me alegro de que haya terminado —señaló ella, tocándose el estómago lleno—. Y me alegro de irme a casa dentro de una semana. Con todas esas comidas y cenas, si siguiera así, me iba a poner muy gorda.

Él no respondió.

—¿Quién me sustituirá? —preguntó ella, sin poder contenerse.

—¿Qué?

—Ya sabes. ¿Quién será tu próxima amante? ¿Tienes a alguien en mente?

—Claro que no —contestó él, apretando con fuerza el volante.

–¿Y cómo vas a elegirla?

–¿Cómo se eligen los amantes? –replicó él–. Es cuestión de química.

–No se te debe de dar muy bien la química, si después de un mes siempre se acaban tus relaciones –comentó ella con tono seco.

–Tal vez, todavía no haya encontrado a la persona adecuada.

Rachel y Alessandro llegaron al hotel y entraron juntos. Él se apoyó en el bastón con gesto de dolor.

–¿Seguro que estás bien?

–Estoy bien.

–No tienes buen aspecto. Tal vez, deberías ir al médico.

–No necesito un médico –le espetó él–. ¿Quieres dejar de insistir? Te estás comportando como una esposa, no como una amante. No te pago para eso.

Un tenso silencio se cernió sobre ellos mientras subían en el ascensor.

Dentro de la habitación, Rachel se quitó los zapatos y dejó el bolso en uno de los sofás.

–Voy a darme una ducha.

–Rachel.

Ella no lo había escuchado nunca decir su nombre de esa manera, con un tono especial que le hizo albergar algo de esperanza. Quiso creer que, quizá, él había estado tan callado porque estaba a punto de confesarle su amor. Igual estaba nervioso por tener que dejar de lado su orgullo y abrirle su corazón. Despacio, se giró hacia él con una sonrisa en los labios.

–¿Sí?

–Tengo algo para ti –señaló él y le tendió una cajita de joyería.

Ella la tomó con manos temblorosas y el pulso acelerado.

–¿Qué es?

–Ábrelo.

Rachel abrió el joyero y se encontró con un colgante de diamantes y esmeralda y unos pendientes a juego. Era bonito, pero demasiado exuberante para su gusto. Se preguntó si tendría algún significado especial.

–No estoy segura de qué decir... Es bonito, pero...

–Si no te gusta, puedo encargarle a mi secretaria que lo cambie –indicó él, aflojándose la corbata.

–¿Lo ha elegido tu secretaria? –preguntó ella, furiosa.

–Claro. Ella elige todos mis regalos.

Rachel cerró la caja de golpe y se la devolvió.

–No lo quiero.

–Rachel, es el regalo más caro que le he hecho a ninguna de mis amantes.

–¿Crees que me importa? Quédatelo.

Él se cruzó de brazos.

–Podrías venderlo...

Rachel tuvo deseos de abofetearlo pero, en vez de eso, tiró la cajita a la cama y se apartó.

–Quítalo de mi vista.

–No sé por qué te enfadas.

Ella se giró con brusquedad.

–¿Cómo puedes decir eso? Yo te he regalado mi amor y tú lo has ensuciado comprándome la joya más ridícula y cara posible. ¿Tienes idea de cómo me haces sentir con eso?

Alessandro tomó la caja y la metió en el cajón de la mesa.

–Ya está. Ya he quitado de tu vista esos asquerosos diamantes y esmeraldas. ¿Satisfecha?

—¿Cómo puedes ser así? —preguntó ella, lanzándole puñales con la mirada.

—¿Cómo?

—Me has hecho el amor toda la semana, tratándome como una princesa, y luego me pagas con una joya que ni siquiera te has molestado en elegir tú mismo.

—Hace cinco años, te regalé una joya que yo había elegido y me la tiraste a la cara porque preferiste el anillo de otro hombre —le espetó él, haciendo una mueca—. ¿Por qué iba a molestarme en hacerlo de nuevo?

Rachel intentó tragarse el nudo que tenía en la garganta.

—No puedo seguir con esto. No me importa lo que me hagas. No puedo seguir contigo ni una semana, ni un día más.

—Si te vas ahora, tendrás que enfrentarte a las consecuencias —señaló él con gesto pétreo.

Ella tragó saliva al pensar en Caitlyn y sus empleados. ¿Qué le haría él? ¿Destruiría su empresa para vengarse? Tendría que correr ese riesgo.

—Haz lo que tengas que hacer —repuso ella, apartando la mirada para ocultar su congoja.

Cuando Rachel hubo hecho su maleta, se lo encontró con una bebida en la mano.

—Me voy.

—Bien —dijo él y se bebió el vaso de un trago.

—¿No vas a acompañarme a la salida?

—Creo que podrás encontrarla sola.

—No tiene por qué ser así —señaló ella con el corazón encogido.

—Sí.

—Podrías impedir que me fuera con sólo una palabra.

—No quiero que te quedes. Ha terminado, Rachel. Nunca debimos empezar esto. Ha sido una locura.

–¿Puedes despedirte de Lucia por mí? –pidió ella tras un momento.

–Claro. Le dará mucha pena que te vayas. Le gustabas mucho.

–Y ella a mí –aseguró Rachel y esperó un momento, aunque él no dijo nada más–. Bueno, adiós. Supongo que no volveremos a vernos.

–No –contestó él, llenando su vaso de nuevo.

Cuando la puerta se cerro, Alessandro quiso salir corriendo tras ella, pero sabía que era mejor así. No quería que ella lo compadeciera. No podría soportarlo.

–Maldición –exclamó él, llevándose las manos a la cabeza.

Alessandro tardó cuatro semanas en poder volver a ponerse en pie. El especialista le insinuó que su cojera podía ser permanente. Al parecer, las recaídas eran típicas del síndrome de Guillain-Barré. No había creído que fuera su caso, ni había contemplado la posibilidad de no recuperarse del todo. Había trabajado mucho para recuperar la movilidad. Sin embargo, tras esa semana en París, sus capacidades habían dado un paso atrás y había tenido que empezar de cero.

Rachel le había insinuado en una ocasión que su vida estaba llena de éxito, pero no de felicidad. Incluso el jeque se lo había reiterado cuando lo había visitado al hospital, repitiéndole que no debía dejar escapar a Rachel. Entonces, se había dado cuenta de que había rechazado el mayor regalo, el amor que ella le había ofrecido.

El vuelo a Melbourne fue muy cansado, pero había decidido ir a verla cuanto antes. Esperaba que ella siguiera sintiendo lo mismo por él y que, a pesar de todo, lo perdonara. Nunca se había sentido tan vulnerable e inseguro antes y necesitaba saber si Rachel estaba dispuesta a aceptarlo con sus fallos y limitaciones.

Se detuvo delante del edificio que albergaba la empresa de Rachel. En las últimas semanas, estaba teniendo mucho éxito y las principales cadenas de distribución de moda en Europa le estaban abriendo sus puertas.

—¿Puedo ayudarle? —ofreció la recepcionista.

—Quería ver a Rachel. Soy un... un viejo amigo.

—Lo siento —contestó la mujer—. Rachel se ha ido a casa. No se encontraba bien.

—¿Qué le pasa?

—No lo sé. Es el tercer día que se va a media mañana. Debe de tener un virus estomacal o algo así. No se encuentra bien desde que volvió de Italia.

Alessandro anotó su dirección y se dirigió al coche de nuevo. Tenía tantas ganas de verla que ni siquiera quiso perder tiempo en llamar por teléfono. Aparcó delante de su pequeña casa con el corazón en la garganta. ¿Lo recibiría ella o le cerraría la puerta en las narices? ¿Sería suficiente el anillo que él mismo había diseñado para convencerla?

Cuando Rachel abrió la puerta, a Alessandro se le encogió el corazón. Parecía no haber dormido mucho. Estaba pálida y ojerosa.

—Alessandro... —balbuceó ella, empalideciendo aún más—. ¿Qué estás haciendo aquí?

—Quería verte.

—Umm... No es buen momento —repuso ella y miró hacia atrás nerviosa.

—Sólo cinco minutos —rogó él.

—Estoy ocupada —explicó ella, apretando los labios.

—Puedo esperar.

–Tienes que irte y volver en otro momento –insistió ella con gesto dolorido.

–No pienso irme. Nunca debí dejarte marchar. Me he pasado casi todo el mes en el hospital, culpándome por tu partida.

–¿Has estado en el hospital? –preguntó ella, poniendo los ojos como platos.

–Ingresé la noche en que te fuiste.

–¿Por qué no me lo dijiste? Te pregunté cómo te encontrabas y me dijiste que bien.

–No quería que te sintieras obligada a nada –explicó él–. Me pareció mejor dejar que te fueras.

–¿Tienes idea del daño que me has hecho? –inquirió ella, llena de frustración.

–Lo sé y lo siento –se disculpó él y sacó el anillo–. Tengo algo para ti.

–Dile a tu secretaria que no tiene nada de gusto –le atacó ella, mirando al techo.

–Mi secretaria no ha tenido nada que ver –aseguró él y se lo tendió–. Lo he diseñado yo.

Rachel abrió la cajita y vio un diamante dentro.

–¿Lo has diseñado tú?

–¿Te gusta?

–Es precioso –dijo ella, acariciando el exquisito anillo.

–Es un anillo de compromiso, por si no te habías dado cuenta.

–¿Me estás pidiendo que me case contigo?

–Sí. ¿Qué me respondes?

–Necesito tiempo para pensarlo.

–No me hagas esto, Rachel, aunque me lo merezca.

–No piensas decirlo, ¿verdad?

De pronto, Alessandro se dio cuenta de que se había saltado un paso importante.

–Cariño, te quiero. Te quiero más de lo que puede expresarse con palabras. Te amaba hace cinco años y te amo ahora.

–¿De veras? –preguntó ella, emocionada.

–Sí, pero creo que deberías saber algo antes –advirtió él–. Es probable que nunca deje de cojear.

–¿Y qué? Yo puedo caminar y correr por los dos.

–Además, no puedo dejar mis negocios en Italia.

–Puedo dejar a Caitlyn a cargo de la sede australiana y encargarme de la parte italiana de la compañía. Sería una solución perfecta.

–¿Lo harías por mí? –quiso saber él, frunciendo el ceño.

–Haría cualquier cosa por ti. ¿Es que no lo sabes?

Alessandro le tocó el rostro, apenas capaz de creer lo que oía.

–No me había dado cuenta de lo mucho que te amaba hasta que el jeque Almeed Khaled me dijo que eras perfecta para mí en esa cena.

–¿Te dijo eso?

–Sí, pero yo entré en pánico –confesó él–. Y me pasé toda la semana recordándote lo de ese estúpido contrato, esperando que no te dieras cuenta de lo mucho que te amaba y te necesitaba.

Ella lo miró a los ojos, emocionada.

–¿Ya no me odias porque eligiera a Craig en vez de a ti?

–Creí que te odiaba durante mucho tiempo, pero he comprendido que te había juzgado mal. Sólo querías complacer a tu padre. Por cierto, fue él quien convenció a los inversores para que no te dieran el crédito.

–¿Él? –preguntó ella, frunciendo el ceño.

–Sí, pero no por lo que tú crees –explicó Alessandro–. Lo llamé hace un par de semanas para confirmarlo. Tu padre quería que vinieras a mí a pedirme ayuda. Era su manera de arreglar las cosas y de reconocer que no debió haberte hecho aceptar a Hughson.

–¿Mi padre quería que yo acudiera a ti?

–También estaba equivocado respecto a él –reconoció Alessandro–. Tu padre quiere que triunfes, pero sobre todo quiere que tengas un matrimonio lleno de amor. E hijos, al menos, dos o tres.

–¿Has dicho... hijos? –preguntó ella, tragando saliva.

–¿Para qué queremos el éxito si no tenemos con quién compartirlo?

–Pero creí que...

–Quiero lo que tú quieras, tesoro mío –aseguró él–. Quiero casarme, tener hijos y ser feliz contigo para siempre. ¿Qué te parece?

Rachel sonrió y lo abrazó, feliz.

–Hay algo en el baño que va a darnos la respuesta. Justo me estaba haciendo la prueba...

–¿Estás embarazada? –preguntó él, derritiéndose.

–No lo sé –contestó ella, apretándole las manos con excitación–. ¿Vamos al baño a verlo?

Epílogo

RACHEL tuvo que perderse el desfile de moda de Milán, pero no le importó. Levantó la vista hacia Alessandro, después del nacimiento de Leonardo Tristano Vallini.

–No ha estado mal para ser el primer parto, ¿no crees? –preguntó ella, cansada y feliz.

–Estupendo, cariño. Todo lo que haces es mágico –repuso él con lágrimas de emoción.

Rachel apoyó la cabeza en él, llena de satisfacción. Todo en su vida era perfecto. Alessandro se había recuperado muy bien. Su boda había sido la más romántica del mundo. Ella se había diseñado su propio vestido y había fundado una marca de trajes de novia en Italia. Y su padre había ido a visitarlos, acompañado de una mujer seria y formal que parecía quererlo de veras.

–¿Estás triste porque no has podido asistir al primer desfile de tus diseños? –preguntó Alessandro, apartándole un mechón de pelo de la cara.

–No –aseguró ella con ojos llenos de amor–. Caitlyn me lo contará después. Para mí, la familia es mucho más importante.

–La familia... –repitió él y se le quebró la voz–. Nunca pensé que pudiera tener mi propia familia. Me has hecho el hombre más feliz del mundo. ¿Tienes idea de cuánto te quiero?

Ella sonrió con lágrimas de felicidad en los ojos.

–Creo que estoy empezando a creérmelo, pero me gustaría que me lo repitieras cada día durante los próximos cincuenta años. ¿Te parece bien?

–Trato hecho –respondió él y la besó con ternura.

Bianca.

Su inocencia era un tesoro del que nunca podría cansarse

A Sergei Kholodov le asombraba la inocencia de aquella turista estadounidense a la que había ayudado, pues a él la vida lo había transformado en un hombre cínico y amargado.

Detestaba el tremendo efecto que tenía sobre él, y por eso Sergei tomó la fría decisión de dejar a un lado sus emociones… Se dejaría llevar por el placer y la pasión antes de apartarla de su lado y destruir sus sueños. Pero Sergei volvió a aparecer un año después. No había podido borrar a Hannah de su memoria y creía que quizá pudiera olvidarla por fin si pasaba una noche más con ella. O quizá quisiera más y más…

Oscuras emociones

Kate Hewitt

Acepte 2 de nuestras mejores novelas de amor GRATIS

¡Y reciba un regalo sorpresa!

Deseo por contrato

NATALIE ANDERSON

Daniel Graydon contrató a Lucy Delaney como encargada de su local sin esperar demasiado de ella. Era completamente opuesta a él: inconstante y despreocupada. Por eso no comprendía por qué se sentía tan atraído por ella.

Lo único que tenían en común era su rechazo a mantener una relación estable. Así que tras una noche apasionada que le resultó insuficiente, Daniel le ofreció un acuerdo temporal como amantes que ella aceptó a pesar de saber que estaba enamorándose del único hombre que nunca llegaría a ser suyo.

La esquiva amante del jefe

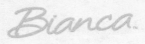

Lo que empezó siendo una venganza acabó convirtiéndose en una pasión ardiente

Jake Freedman esperaba vengarse del hombre que había destruido a su familia. Y, si aceptando una cita a ciegas con la hija de Costarella podía calmar a su peor enemigo, Jake se pondría su mejor traje y ocultaría su cinismo tras una sonrisa seductora…

Las caricias expertas de Jake atraparon a la inocente Laura Costarella en una peligrosa aventura amorosa. Y Jake acabó deseando más conquistar a Laura que la ruina de Costarella.

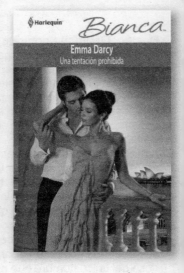

Una tentación prohibida

Emma Darcy